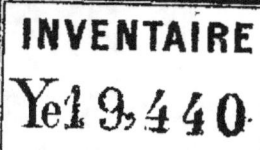

RECUEIL

DE

FABLES

EN PROSE ET EN VERS,

AVEC

DES NOTES EXPLICATIVES.

SUR LES MOTS LES MOINS FAMILIERS AUX ENFANS, POUR LES AIDER
A ARRIVER AU SENS DES PHRASES,

Par L. Dantec,

Ancien maître de pension, Sous-Inspecteur des écoles
primaires dans le département du Nord.

40 cent.

DOUAI.
M d'Aubers, imprimeur, rue des Procureurs, 12.
1841.

RECUEIL

DE

FABLES

EN PROSE ET EN VERS,

AVEC

DES NOTES EXPLICATIVES

SUR LES MOTS LES MOINS FAMILIERS AUX ENFANS, POUR LES AIDER
A ARRIVER AU SENS DES PHRASES,

Par L. Dantec,

Ancien maître de pension, Sous-Inspecteur des écoles
primaires dans le département du Nord.

DOUAI.
ADAM d'Aubers, imprimeur, rue des Procureurs, 12.
1841.

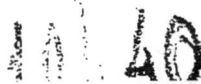

AVIS DE L'ÉDITEUR.

En plaçant ce petit recueil de fables sous les yeux de nos jeunes lecteurs, ce n'est pas précisément une innovation que nous avons en vue, mais seulement un progrès dans la science difficile d'orner en même temps la mémoire, l'esprit et le cœur des enfans.

Les bonnes méthodes, à l'aide desquelles on instruit l'enfance, sont beaucoup plus rares qu'on ne pense, et la raison en est simple : c'est qu'il n'est pas aussi facile qu'on semble généralement le croire de se bien mettre à la portée des jeunes intelligences auxquelles on s'adresse. Tel mot nous est connu, telle expression nous est familière, de là nous croyons bien souvent être compris en les employant; mais il n'en est pas ainsi, et la preuve, c'est que chacun de nous se souvient d'avoir appris dans son enfance des choses qu'il répétait ensuite machinalement parce qu'elles s'étaient classées dans sa tête par l'étude, mais non dans son cœur par l'idée morale qu'elles renfermaient.

C'est là l'écueil que M. Dantec a voulu éviter, ou si l'on veut, c'est la lacune qu'il a voulu remplir. Ancien maître de pension et actuellement sous-inspecteur des écoles primaires dans le département du Nord, M. Dantec était, par sa spécialité, par ses antécédens, en position de bien remplir la tâche qu'il s'est imposée, et il y est parvenu, nous osons l'affirmer , en donnant aux mots d'un usage peu fréquent une explication simple, claire et facile, qui répand plus de charme sur l'étude, ce que l'on comprend aisément s'apprenant avec plus de plaisir.

Les notes placées au bas de chaque page n'expliquent pas seulement les expressions peu usuelles qui se trouvent dans les fables , elles donnent la nomenclature et la signification des autres mots qui en découlent.

Un choix très-heureux de fables en prose et en vers, gradué, pour exercer la mémoire, depuis les fables les plus simples et les plus faciles jusqu'aux plus compliquées, met le recueil de M. Dantec à la portée de toutes les intelligences et le rend utile à tous les âges.

ADAM d'Aubers , éditeur.

RECUEIL

DE

FABLES.

FABLE 1.

LE SINGE ET SON FILS.

Un singe était fou de l'un de ses petits ; jour et nuit il le caressait, l'embrassait, le serrait : cette folle tendresse fut bientôt funeste au petit singe ; car un jour que son père le tenait entre ses bras, il le pressa si fort, qu'il lui fit perdre haleine et l'étouffa.

Un gros *singe* s'appelle *magot*, qui se dit quelquefois d'un homme fort laid. — La femelle du *singe* se nomme *guenon*, dont le diminutif est *guenuche*, petite guenon.

FABLE 2.

LA CANE ET LE BARBET.

Un barbet poursuivait une cane : celle-ci, pour se sauver, se jette dans un étang; l'autre s'y lance, et nage après elle. Comme il la suit de si près qu'il ouvre déjà la gueule pour la prendre, la cane fait le plongeon, s'enfonce et disparaît. Ainsi le chien perdit sa proie dans le moment même qu'il croyait la tenir.

Cane, la femelle du *canard.* — *Caneton*, le petit d'une *cane.* — *Canette*, petite *cane.*

Barbe, le poil du menton et des joues de l'homme, se dit aussi des longs poils que certains animaux ont à la gueule, comme le *bouc*, le *chat*, etc.—*Barbu*, qui a de la barbe. — *Barbeau*, sorte de poisson qui a comme quatre *barbes* ou moustaches à chacun des deux côtés de la gueule. — *Barbet*, chien à long poil et frisé qui va à l'eau; on le nomme aussi *chien-canard.*

FABLE 3.

L'OISELEUR ET LA VIPÈRE.

Un oiseleur cherchait à prendre des oiseaux ; comme il se baissait pour tendre ses réseaux, une vipère le piqua au pied.—« Ah! s'écria l'homme, je n'ai que ce que je mérite. Pourrais-je être surpris qu'on cherche à m'ôter la vie lorsque je ne pense, moi, qu'à la ravir aux autres ! »

Oiseleur, celui qui fait métier de prendre des *oiseaux* à la pipée, aux filets, etc.

Rets, filet, ouvrage de corde, de fil, noué par mailles et à jour, pour prendre du poisson, des oiseaux, etc.—*Réseaux*, petits *rets.*

Ravir, signifie, dérober, prendre, voler.

(3)

FABLE 4.

LA MOUCHE ET LE CHARIOT.

Un cocher poussait sur une plaine sablonneuse un chariot que deux forts chevaux tiraient avec vitesse. Une mouche s'en aperçut, et vint en bourdonnant se poser sur le timon du char. Là s'imaginant qu'elle seule le faisait mouvoir : « Voyez, s'écriait-elle, quelle poussière je fais lever ! »

Cocher, celui qui conduit le *coche*, le char, le chariot.
Sablonneux, où il y a du *sable*, de la poudre, de la poussière.
Le *bourdon* est une espèce de grosse mouche, qui fait un bruit continuel avec sa trompe.—*Bourdonner* exprime le bruit que font certains insectes comme *bourdons*, mouches, hannetons, etc.

FABLE 5.

LE RENARD ET LE SANGLIER.

Un sanglier aiguisait ses défenses contre le tronc d'un arbre. — « A quoi bon, lui dit un renard, te préparer au combat, quand tu ne vois ni chien ni chasseur ! » — « Eh ! dois-je attendre, répliqua l'autre, que je les aie en queue pour songer à tenir mes armes en état, quand ils ne me donneront pas le temps d'y penser ? »

Aiguiser, rendre *aigu*, pointu comme une *aiguille*.
Défenses, les deux dents d'en bas, qui sortent de la gueule du sanglier et dont il se sert pour se *défendre*.
Le *tronc*, la partie inférieure de la tige d'un arbre qui a été coupé à une certaine hauteur.
Avoir les chasseurs en queue, derrière soi, à ses trousses.

FABLE 6.

LE SANGLIER ET L'ANE.

L'âne se moquait un jour du sanglier et le bravait; celui-ci fut sur le point de l'en punir, mais il retint sa colère: « Malheureux! lui dit-il, en le regardant d'un œil de mépris, qu'il me serait aisé de rabattre ton insolence! mais aux dieux ne plaise que je m'emporte contre un lâche qui n'en vaut pas la peine. »

Brave, signifie vaillant, courageux. — *Braver*, regarder et traiter avec mépris, avec hauteur, faire le *brave*.

S'emporter contre quelqu'un, se fâcher contre, etc.

FABLE 7.

LE CHARBONNIER ET LE TEINTURIER.

« Compère, disait un charbonnier à son ami le teinturier, ma maison est des plus commodes; croyez-moi, venez-y loger; foi d'ami, vous y serez à merveille. » — « Je le crois, répliqua l'autre, en le remerciant de son offre. Oui, chez toi je serai fort bien; mais dans un logis où ton charbon ne pourra noircir mes étoffes, je serai, ce me semble, encore mieux. »

Loger, logement, logis, etc., sont de même famille.

FABLE 8.

LE LION, L'OURS ET LE RENARD.

Le lion et l'ours s'entre-déchiraient, et cela pour quelques rayons de miel qu'ils avaient trouvés dans le creux d'un chêne. Chacun d'eux prétendait en faire son profit, sans le partager avec son compagnon. Ils eussent bien mieux fait d'en faire deux parts; car tandis qu'ils s'acharnent l'un sur l'autre, un renard se glisse sans bruit près du miel, le lape et se sauve.

Rayon de miel, se dit d'un gâteau de cire que font les abeilles, et qui est divisé par de petites cellules dans lesquelles elles se retirent et font leur miel.

Laper, prendre, enlever d'un coup de *langue*, se dit proprement du chien quand il boit.

FABLE 9.

L'AIGLE ET LE CORBEAU.

L'aigle fondit sur un mouton, et l'enleva à la vue d'un corbeau.— « N'en puis-je donc faire autant, dit ce dernier? » Cela dit, il s'abattit sur le plus gros du troupeau; mais bien loin de faire ce que l'aigle avait fait, il s'embarrassa tellement dans la toison du mouton qu'il y demeura. Comme il se débattait pour s'en dégager, le berger accourut, le prit et le mit en cage; puis il le donna pour jouet à ses enfants.

Fondre sur un mouton, se lancer avec violence du haut des airs sur, etc.

Toison, la laine d'un mouton.

Jouer, joueur, jouet sont de même famille.—*Jouet*, ce qui sert d'amusement aux enfants.

FABLE 10.

LE LION ACCABLÉ DE VIEILLESSE.

Le lion, couché dans sa caverne, languissait accablé de vieillesse, et sur le point d'expirer. Les animaux, qui ne le craignaient plus dans cet état, accoururent de toutes parts pour l'insulter ; l'âne même parut, et vint avec bravade le frapper d'un coup de pied. — «Ah ! s'écria le lion en se tournant vers le loup et le sanglier, j'ai souffert patiemment vos outrages, tout lâches qu'ils sont ; mais qu'un âne ose me faire insulte, ah ! c'est ce que je ne puis endurer ! »

Creux, cave, caverne ont un rapport d'analogie. — *Caverne*, antre, grotte, un *creux* dans les rochers, dans les montagnes, sous terre.

Bravade, action, parole, manière par laquelle on *brave* quelqu'un.

FABLE 11.

L'ÉCREVISSE ET SA FILLE.

— «Vous devriez bien, disait l'écrevisse à sa fille, vous corriger d'un grand défaut que je remarque depuis long-temps en vous. Je vous vois marcher toujours à reculons; et que n'allez-vous en avant comme font tous les autres animaux? » Celle-ci lui répondit:— «Ma mère, je ne fais que ce que je vous vois faire. Si vous voulez que je me corrige, commencez par vous corriger vous-même la première. »

FABLE 12.

LA COLOMBE ET L'ÉPERVIER.

Un épervier, après avoir long-temps poursuivi une colombe sans pouvoir l'atteindre, vint en étourdi s'abattre dans les réseaux d'un oiseleur. Celui-ci ne l'eût pas plus tôt pris, qu'il se mit en devoir de s'en défaire. « — Cruel, lui disait l'oiseau, qui voulez m'ôter la vie, quel mal vous ai-je fait ! » — « Et quel mal, reprit l'homme, t'avait fait cette colombe que je t'ai vu poursuivre? Meurs. » Cela dit, il le tue.

Colombe, pigeon. — Colombier, lieu où se retirent les pigeons, les colombes.
Épervier, oiseau de proie qui mange les autres oiseaux.

FABLE 13.

LE CHIEN DU MARÉCHAL.

Le chien d'un maréchal avait coutume de s'endormir au pied de l'enclume de son maître. Celui-ci avait beau y battre et rebattre son fer à grands coups de marteau, jamais le chien ne s'en éveillait. Au contraire, à peine le maréchal avait-il quitté son ouvrage, et commencé à prendre son repas, le chien, au seul bruit qu'on faisait en mangeant, était d'abord sur pied et courait vîte à la table.

FABLE 14.

LE GEAI PARÉ DES PLUMES DU PAON.

Un paon perdit dans sa mue quelques-unes de ses

plumes; un geai les ramassa et s'en revêtit. Alors il crut surpasser en beauté les paons même, et vint tout bouffi d'orgueil se faufiler avec eux; mais sa vanité fut bientôt punie. Les paons, qui reconnurent l'artifice, lui arrachèrent ses fausses plumes et le chassèrent de leur compagnie à grands coups de bec. Ainsi le geai, battu et déplumé, ne fut pas même plaint des autres geais qu'il avait méprisés.

Muait, imparfait du verbe *muer*, qui se dit du changement qui arrive aux oiseaux et à quelques autres animaux, quand leur poil ou leur plumage tombe.—La *mue*, c'est le changement qui arrive naturellement aux oiseaux quand ils *muent*, quand ils perdent leurs plumes.

Se revêtir de quelque chose, s'en faire une *veste*, un *vêtement*, s'en couvrir.

Avoir le visage bouffi, c'est-à-dire enflé.—*Bouffi d'orgueil*, plein d'orgueil.

Faufiler, c'est faire une fausse couture à longs points à un habit, etc., en attendant qu'on en fasse une autre à demeure.—*Se faufiler avec quelqu'un*, se lier d'amitié, d'intérêt, de plaisir, etc.

Artifice, art, industrie, se prend aussi pour ruse, déguisement, fraude.

FABLE 15.

LE BUCHERON ET LA FORÊT.

Un bûcheron pria la forêt de lui donner de son bois autant qu'il lui en fallait pour faire un manche à sa coignée, ce qu'elle lui accorda très-volontiers; mais elle s'en repentit, lorsqu'elle eut reconnu que ce bienfait serait la cause de sa ruine. Le bûcheron n'eut pas plus tôt emmanché sa coignée qu'il s'en servit contre les arbres de la forêt même, et fit si bien que coupant aujourd'hui celui-

ci et demain celui-là, il la détruisit enfin toute
entière.

On appelle *bûche* une pièce de gros bois de chauffage.—*Bû-
cher*, lieu où l'on met le bois à brûler. — *Bûcheron*, celui qui
travaille à abattre du bois dans une forêt.

Coignée, espèce de hache.

Emmancher, mettre un manche.

FABLE 16.

LE CORBEAU ET LE MOUTON.

Un corbeau voltigeait en folâtrant autour d'un
mouton, et prenait plaisir à lui donner de temps
en temps des coups de bec. — « Suis-je donc fait
pour vous servir de jouet, lui disait le mouton! pourquoi vous adresser plutôt à moi qu'à ce chien qui
garde le troupeau? » — « Pourquoi? reprit l'autre,
c'est parce que je te crains bien moins que lui. Apprends que je suis aussi bon envers les méchans
que méchant envers les bons. »

Voltiger, signifie *voler* sans aucune direction déterminée ; il
se dit surtout des abeilles et des papillons qui *volent* çà et là autour des fleurs.

Le mot *fou, folle*, qui a perdu l'esprit, se prend quelquefois au
sens de gai, badin, d'humeur enjouée. — *Folâtre*, qui aime à badiner. — *Folâtrer*, badiner, faire des actions *folâtres*.

FABLE 17.

LE TROMPETTE.

Un trompette, après avoir sonné la charge, fut
pris par les ennemis; comme un d'entr'eux levait

le bras pour le percer de son épée : — « Quartier, s'écria le prisonnier? considérez que je ne me suis servi que de ma trompette, et qu'ainsi je n'ai pu ni tuer ni blesser aucun des vôtres. » — « Tu ne mérites pas moins la mort, répliqua l'autre; méchant qui ne tues jamais, il est vrai, mais qui excites les autres à s'entretuer. » Cela dit, il le perce de son épée.

On dit *sonner de la trompette,* pour dire faire entendre le son de la trompette.

Charge, en terme de guerre, signifie le choc de deux troupes qui en viennent aux mains.—*Sonner la charge,* donner le signal du combat.

Démander quartier, demander grâce.

FABLE 18.

LE FLEUVE ET LA SOURCE.

Un fleuve s'élevait contre sa source. — « Considère, lui disait-il, ce lit large et profond : vois de combien de ruisseaux, de combien de rivières mes eaux sont grossies; grâce au ciel, me voilà fleuve. Mais toi, chétive source, qu'es-tu ? Un maigre filet d'eau qu'un rayon de soleil tarirait, si la roche dont tu sors ne t'en mettait à l'abri. » — « Insolent, répartit la source, il te sied bien vraiment de me mépriser, toi qui, sans moi, serais encore dans le néant ! »

La source se dit de l'eau qui commence à sortir de terre pour continuer son cours. De *la source* viennent progressivement la fontaine, le ruisseau, la rivière et enfin le fleuve qui va porter ses eaux à la mer.

Le lit d'une rivière, le canal où coulent ses eaux.

Filet, diminutif de *fil*, petit *fil*.
Tarir une source, la mettre à sec.
Etre dans le néant, ne pas exister.

FABLE 19.

LE VOLEUR ET LE CHIEN.

Un voleur s'efforçait d'entrer pendant la nuit dans une maison à dessein d'y faire quelque vol ; mais il en fut empêché par un chien qui la gardait. Comme celui-ci ne cessait d'aboyer, l'autre lui présenta un morceau de pain et crut l'engager par ce moyen à se taire ; mais le chien le rejeta : « Méchant, dit-il à l'homme, je pourrais accepter ton présent, si je ne connaissais dans quelle vue tu me l'offres ; va, retire-toi d'ici, rien ne peut corrompre ma fidélité. »

FABLE 20.

LE LÉOPARD ET LE RENARD.

Le léopard prétendait avoir de grands avantages sur le renard : « Remarque bien, lui disait-il, la beauté de ma peau ; vois comme elle est luisante, tachetée et mouchetée ; ami, de bonne foi, penses-tu que de la tienne à la mienne il puisse y avoir l'ombre de comparaison ? » — « J'en vois si peu, répartit le renard, que je t'avouerai franchement que je me croirais fort au-dessous de toi, si je ne savais que les connaisseurs font un peu plus de cas de l'esprit que de la peau. »

FABLE 21.

LE RENARD ET LES RAISINS.

Un renard qui mourait de faim aperçut des raisins qui pendaient sur le haut d'une treille assez élevée. Ils étaient mûrs, et le drôle en eût volontiers fait son profit; mais il eût beau sauter et resauter, la treille se trouva si haute qu'il ne put y atteindre. Comme il vit que tous ses efforts étaient inutiles : « Ces raisins , dit-il , en se retirant tête levée, je les aurais fort aisément si je voulais; mais il me semblent si verts, qu'ils ne valent pas la peine que je me donnerais pour les prendre. »

Treille, se dit des ceps de vigne qui montent contre un arbre.
Se retirer tête levée , se retirer fièrement.
Des raisins verts , qui ne sont pas mûrs.

FABLE 22.

LE PORC-ÉPIC ET LE LOUP.

Un loup rencontra un porc-épic, et s'avança dans le dessein d'apaiser la faim qui le pressait. Celui-ci , qui s'en aperçut, se hérissa d'abord de ses piquans. « Si vous vouliez vous défaire de toutes ces pointes, lui dit l'autre, bien fâché de ne savoir par où le prendre, vous n'en seriez que mieux; car elles vous défigurent extrêmement ; croyez-moi,ne les portez plus. » — «Les Dieux m'en gardent , répartit le porc-épic , en les dressant encore davantage; ami, si ces piquans me parent mal, ils me défendent bien. »

Le porc-épic, animal semblable au hérisson , est ainsi nommé à cause des *piquans* dont il est armé , et qu'il dresse pour se défendre.

Se hérisser de *ses piquans* , les dresser.

Les Dieux m'en gardent , que les Dieux m'en gardent , m'en préservent les Dieux, etc.

FABLE 23.

LES VOYAGEURS ET LE PLANE.

Vers le milieu d'un des plus chauds jours de la canicule, deux voyageurs prenaient le frais à l'ombre d'un plane; ils s'y étaient retirés pour se mettre à l'abri du soleil. Comme ils en considéraient les branches, sans y apercevoir de fruit : « Voilà, se disaient-ils l'un à l'autre, un méchant arbre; s'il m'appartenait, puisqu'il n'est bon à rien, je le ferais abattre et jeter au feu tout présentement. » — « Ingrats ! leur dit l'arbre, n'est-ce donc rien que cette ombre que mon feuillage produit et qui vous garantit si à propos des rayons que vous fuyez ? »

Le *plane* , appelé aussi *platane* , est un arbre dont les branches s'étendent beaucoup , et dont les feuilles sont fort larges , en sorte qu'il fournit un grand ombrage. Dans les lieux humides, cet arbre acquiert une grosseur prodigieuse.

La *canicule* se prend ici pour le temps des grandes chaleurs. Elle commence en *juillet* et finit en *août*.

L'*ingratitude* , ou l'oubli d'un bienfait , a pour contraire la *reconnaissance* , ou le souvenir d'un, etc.

FABLE 24.

L'ANE ET LE PETIT CHIEN.

Un homme caressait un petit chien en présence

de son âne; celui-ci enviait le bonheur du premier,
« Que fait ce chien, disait-il en lui-même, pour mériter les caresses de notre maître? Quelquefois il
lui donne la patte ; eh bien! s'il ne tient qu'à cela
pour m'en faire aimer, je serai bientôt tout aussi
heureux que ce petit animal. » Cela dit, il se lève sur
ses pieds de derrière et présente lourdement ceux
de devant à son maître ; celui-ci, fort surpris, re-
buta des caresses aussi grossières, et appela ses
valets, qui accoururent et payèrent à grands coups
de bâton la civilité du baudet.

Rebuter , rejeter , repousser.
Les *valets* , les domestiques , les gens de la maison.
La *civilité* , la politesse.

FABLE 25.

LE CERF SE REGARDANT DANS L'EAU.

Un cerf se mirait dans le cristal d'une fontaine,
aussi satisfait de la hauteur de son bois que mé-
content de ses jambes, qui lui semblaient mal tail-
lées et trop menues; il les contemplait d'un air
chagrin, lorsqu'un chasseur parut et lâcha ses
chiens après lui; aussitôt le cerf prit la fuite au
travers de la forêt; là, comme il était sur le point
de se sauver par la légèreté de ses jambes, son
bois s'embarrassa dans un taillis très-épais et l'arrêta tout court. Alors le cerf, qui se voyait en proie
aux chiens, changea de sentiment, et loua ce qu'il
avait méprisé, comme au contraire il méprisa ce
qu'il avait loué.

Se mirer , se regarder *au miroir* , dans la glace.

Le cristal de roche est une pierre blanche, diaphane ou transparente comme de l'eau.—*Cristal* se dit aussi d'une espèce de verre qui est net et clair comme le vrai cristal.—*Le cristal d'une fontaine* signifie l'eau d'une fontaine.

Le bois du cerf, ce sont ses cornes.

Taillis se dit d'un bois , d'une forêt , que l'on *taille* , que l'on coupe de temps en temps.

Se voir en proie aux chiens , se voir exposé aux morsures des, etc.

FABLE 26.

LES DRAGONS.

Deux dragons voulurent passer au travers d'une haie vive, fort touffue, qui leur barrait le chemin. L'un avait une tête et plusieurs queues, l'autre une queue et plusieurs têtes. Ce dernier, quelqu'effort qu'il fît, n'en put jamais venir à bout; comme toutes ces têtes se nuisaient les unes aux autres , elles ne purent se faire dans la haie une ouverture assez large pour y faire passer le corps de la bête. L'autre eut moins de peine à se faire un passage: la tête s'ouvrit seule le chemin fort aisément, tira ensuite les queues et fit si bien que tête, corps et queues, tout passa.

Le dragon est une espèce de serpent fabuleux.
Une haie fort touffue , très-épaisse.

FABLE 27.

LE PÊCHEUR ET LE PETIT POISSON.

Un pêcheur jeta sa ligne dans une rivière, et y

prit un petit poisson. Celui-ci lui représenta sa petitesse, et le pria de le lâcher, sur le serment qu'il lui faisait de revenir plus gros quelques semaines après mordre son hameçon. C'était chose qui devait, disait-il, lui tourner à profit, puisqu'il y pouvait trouver de quoi faire un meilleur repas.

— « Je ne sais pas, lui répondit le pêcheur, si tu serais assez sot pour me tenir parole ; mais je sais bien, moi, que je ne le suis pas assez pour m'y fier et pour lâcher ce que je tiens pour ce que je dois tenir. Mieux vaut denier venu que trésor qu'on attend.

La livre (*monnaie*) se divisait en 20 sous, et le sou en 12 *deniers*.

FABLE 28.

LES GRENOUILLES.

Les grenouilles virent dans le fort de l'été leur marais à sec. « Où nous retirerons-nous, s'écrièrent-elles alors? »—« Dans ce puits que vous voyez tout proche de vous, dit une des plus jeunes; l'eau le remplit jusqu'à deux doigts du bord; ainsi il nous sera très-aisé d'y entrer. »—« Fort bien, répliqua une des plus vieilles ; mais quand l'eau viendra à baisser et que nous nous trouverons au fond de ce puits à vingt pieds au moins de son ouverture, en sortirons-nous aussi aisément que nous y serons entrées? »

FABLE 29.

LE LIÈVRE ET LA PERDRIX.

Un lièvre se trouva pris dans les lacets d'un chasseur; pendant qu'il s'y débattait, mais en vain,
pour s'en débarrasser, une perdrix l'aperçut :
« Ami, lui cria-t-elle d'un ton moqueur, eh! que
sont donc devenus ces pieds dont tu me vantais
tant la vitesse? L'occasion de t'en servir est si belle, garde-toi de la manquer. Allons, évertue-toi,
tâche de me franchir cette plaine en quatre
sauts. » C'est ainsi qu'elle le raillait; mais on eut
bientôt sujet de lui rendre la pareille; car pendant
qu'elle ne songe qu'à rire du malheur du lièvre,
un épervier la découvre, fond sur elle et l'enlève.

Les lacets, les filets, les rets, les réseaux.
S'évertuer, s'exciter soi-même, et faire effort pour se porter
à quelque chose de bon, d'utile. *Il s'est évertué pour se tirer de
la misère où il était, etc.*
Franchir un fossé, une barrière, sauter *franc*, passer en
sautant pardessus, etc.
Railler quelqu'un, s'en *rire*, s'en moquer.

FABLE 30.

LE PÊCHEUR ET LES POISSONS.

Un pêcheur, assis sur le bord d'une rivière,
jouait de la flûte : il pensait que les poissons char-
més de ses accords approcheraient de la rive, et si
proche qu'il pourrait les prendre à la main; mais il
eut beau en jouer, pas un ne vint; alors le pêcheur
prit ses filets et les jeta dans la rivière. Aussitôt

2

les poissons entrèrent en foule : « Poissons , leur dit l'autre, en les tirant de ses rets, je m'étais imaginé que vous aimiez la musique; mais je m'aperçois qu'avec vous on trouve mieux son compte à se servir de filets que de flûtes. »

FABLE 31.

LE LION ET LE RAT.

Tandis qu'un lion dormait, un rat s'en approcha, fit cent tours autour de lui, enfin s'émancipa jusqu'à sauter sur sa croupe. Le lion s'en éveilla, le prit et fut sur le point de l'écraser; mais le jugeant indigne de sa colère, il le lâcha. Celui-ci, qui lui devait la vie, trouva bientôt l'occasion de s'en revancher; car quelques jours après, le lion tomba dans les filets des chasseurs; la forêt retentit de ses rugissements; à ce bruit, le rat accourut, rongea les mailles des réseaux qui enveloppaient son bienfaiteur, et fit si bien que le lion sortit du piége dans lequel il était tombé.

S'émanciper, se donner trop de licence, ne pas garder les mesures nécessaires, aller trop loin, s'exposer.
Rugir , rugissement se disent du cri du lion.

FABLE 32.

LA ROSE ET LES FLEURS.

Les fleurs contemplaient la rose et trouvaient dans ses nuances un éclat si vif, qu'elles lui cédaient presque sans envie le prix de la beauté. « Non, lui disaient-elles toutes d'une voix , notre coloris n'est ni si rare ni si beau; nous n'exhalons point une odeur si douce. Triomphez , belle rose; vous méritez seule les caresses des zéphirs. » — « Fleurs, dit la rose en soupirant, lorsqu'un seul jour me voit naître et mourir, que me sert-il d'être si belle? Hélas ! je voudrais l'être moins , et avoir comme vous l'avantage de jouir d'une plus longue existence. »

Les nuances , les degrés différents par lesquels peut passer une couleur , en conservant le nom qui la distingue des autres couleurs.

Exhaler , pousser *l'haleine* hors de , signifie pousser hors de soi des vapeurs , des odeurs, etc. *Ces fleurs exhalent une douce odeur. Les marais exhalent une vapeur grossière. Au printemps la terre exhale des parfums agréables.*

Triomphe se dit de l'honneur accordé chez les Romains à des généraux d'armée après de grandes victoires , et qui consistait dans la pompe solennelle de leur entrée dans Rome.—*Mener des captifs en triomphe ,* c'était les mener chargés de chaînes après le char du *triomphateur.*—*Triompher ,* obtenir les honneurs du *triomphe.*—*Triompher* signifie aussi être ravi de joie. *Quand on lui parle de ses enfants , elle triomphe. —— Triomphez , belle Rose ,* réjouissez-vous , etc.

Zéphyr se dit de toute sorte de vents doux et agréables.

FABLE 33.

JUPITER ET LES BESACES.

Après que les hommes eurent été formés, Jupiter s'aperçut qu'ils avaient des défauts si grands qu'ils ne pourraient eux-mêmes les souffrir, s'il ne leur en ôtait la connaissance. Il jugea donc à propos de les éloigner de leur vue; et pour cet effet, il prit tous ces défauts et en emplit plusieurs besaces; puis il les distribua, donna à chacun la sienne, et la lui mit sur le dos, de telle manière que les défauts d'autrui pendaient dans la poche de devant, et ceux du porteur dans celle de derrière. Ainsi chacun voit très-distinctement les défauts des autres, et n'aperçoit pas les siens.

Suivant la fable, *Jupiter* est le Dieu du ciel, le père des dieux et des hommes.

Besace, espèce de sac ouvert par le milieu et fermé par les deux bouts, en sorte qu'il forme deux poches.

FABLE 34.
LA BELETTE ET LE RENARD.

Un renard des plus maigres entra par une ouverture fort étroite dans un clos à blé, et là il s'en donna à cœur-joie pendant plusieurs jours. Il y fit telle chère qu'en fort peu de temps il engraissa, et à tel point que, lorsqu'il fut question de sortir du clos, il lui fut impossible de repasser par où il était entré; ce qui le mit dans un fort grand embarras. Pendant qu'il allait et venait de tous côtés sans savoir que devenir, une belette l'aperçut : « Compère, lui dit-elle en souriant, tâche de redevenir, en jeûnant, aussi maigre que tu l'étais lorsque tu t'es fourré dans ce clos, et tu te tireras d'affaire. »

Le verbe *clore* signifie fermer; il se dit *clos*, *close* au participe. — *Un clos*, un lieu fermé, un grenier, etc.

S'en donner à cœur-joie, vivre à gogo, dans l'abondance.

Faire telle chère, faire si grande, si bonne chère.

Belette, petit animal sauvage, long, de couleur rousse, qui fait la guerre à la volaille.

Compère, commère, se disent du parrain et de la marraine d'un enfant.

FABLE 35.

LE CHAT ET LE COQ.

Un chat entra dans une basse-cour ; il y vit un coq, et d'un coup de griffe l'abattit sous lui. Son dessein était d'en faire un bon repas. « Pourquoi me traiter ainsi, s'écria le coq ? je ne me souviens pas de vous avoir jamais fait aucun mal qui ait pu mériter que vous m'ôtiez la vie. » — « Quand je n'aurais aucun sujet légitime de me plaindre de toi, répartit l'autre d'un ton composé, je me rendrais moi-même coupable envers les dieux, si je ne te punissais des vols que je te vois commettre. Méchant qui vas rôder tous les jours sur le champ de ton maître pour dérober le grain qu'il y sème, tu mourras. » Cela dit, il l'étrangle et le mange.

Composer son ton, son geste, ses actions, concerter, accommoder son ton, son geste, etc., à ce qu'on veut faire, à l'état où l'on veut paraître.

———

FABLE 36.

LE LABOUREUR ÉT LA CIGOGNE.

Un laboureur tendit ses réseaux ; une cigogne et quelques oiseaux de proie s'y abattirent. Alors l'homme les prit, et tua les derniers. Comme il se mettait en devoir de tuer encore l'autre, celle-ci lui remontrait qu'elle n'était ni méchante, ni complice des brigandages que ceux parmi lesquels elle se trouvait prise avaient exercés, et partant que c'était une injustice criante de vouloir, en la confondant avec eux, lui faire le même traitement qu'il leur avait fait. « Tu mourras, répartit l'oiseleur; comment veux-tu que je te croie bonne, quand je te trouve en si mauvaise compagnie ? » Cela dit, il lui tord le col.

Se mettre en devoir de faire quelque chose, se disposer, se préparer à, etc.

Complice, qui a part au crime d'un autre. *On a arrêté plusieurs personnes que l'on croit complices du même crime.*

Et partant, signifie : et par conséquent.

FABLE 37.

L'OURS ET LES MOUCHES A MIEL.

Un ours pressé de la faim sortit du bois pour chercher de quoi manger. Ayant trouvé en son chemin des ruches à miel, il se mit à les lécher; une abeille sortit de la ruche, et fit une piqûre très-douloureuse à l'oreille de l'ours, qui, de rage, renversa toutes les ruches à miel. Alors les abeilles, irritées de cet outrage, sortent en foule de leurs ruches, s'acharnent sur l'ours, et le piquent jusqu'au sang, pour se venger de leur ennemi et du dégât qu'il avait fait à leurs ruches; de sorte que l'ours, honteux et désespéré, fut contraint de songer à la retraite, condamnant en lui-même sa brutalité et son emportement, qui lui avaient attiré tant d'ennemis.

Dégât, ruine, ravage, perte arrivée par une force majeure, par une cause violente. *La grêle a fait un grand dégât dans les vignes, dans les blés*, c'est-à-dire, a *gâté* considérablement les vignes, etc.

Songer à la retraite, songer à *se retirer*, à prendre la fuite.

FABLE 38.

LA CORNEILLE PRESSÉE DE LA SOIF.

Une corneille fort altérée trouva de l'eau, mais dans le fond d'un vase si creux et si étroit que son bec n'y pouvait atteindre. L'obstacle semblait insurmontable ; cependant comme elle mourait de soif, la nécessité où elle se trouvait de se désaltérer lui en fit trouver le moyen. Pour cet effet, elle amassa nombre de petits cailloux, les porta l'un après l'autre dans son bec et les laissa tomber au fond du vase. Par cet expédient, l'eau y monta avec le temps, et si haut, que la corneille but enfin tout à son aise et recueillit les fruits de son industrie, qu'elle dut à la nécessité où elle se trouvait.

La *corneille* est un oiseau noir, comme le corbeau, mais de moindre grosseur.

Une corneille altérée, qui avait soif.

Obstacle veut dire empêchement, opposition, ce qui empêche qu'une chose ne soit, ne se fasse, ne réussisse.

Surmonter, monter pardessus. — *Surmonter les obstacles*, vaincre les obstacles. — *Obstacle insurmontable*, invincible.

Par cet expédient, par ce moyen.

Son industrie, sa dextérité, son adresse.

———

FABLE 39.

LE LION ET LA CHÈVRE.

Un lion aperçut une chèvre qui paissait sur le haut d'une roche escarpée de tous côtés. Sitôt qu'il eut reconnu que le lieu où il la voyait était

inaccessible: « Ma mie, lui cria-t-il d'une voix officieuse , que faites-vous donc là-haut grimpée sur
des rochers où vous ne pouvez brouter qu'une
mousse fort insipide. Vous feriez beaucoup mieux,
ce me semble , de descendre dans la prairie où je
pais ; l'herbe y est tendre et d'un goût exquis.
Descendez , vous dis-je encore une fois. » —
« Ami , répondit la chèvre , c'est ce que je vais
faire très-volontiers , mais bien entendu , ajouta-
t-elle avec un sourire moqueur , lorsque je ne t'y
verrai plus. »

Paître , brouter, manger l'herbe , *pâturer.*
Escarper, signifie couper droit de haut en bas. *Escarper un
rocher, une montagne,* pour les rendre inabordables. — *Une
roche escarpée,* etc.
Un lieu inaccessible , dont l'accès est impossible, dont on ne
peut approcher.
Ma mie , pour *mon amie,* ma bonne amie.
Un homme officieux , disposé à rendre de bons *offices ,* à rendre service , serviable. *Une voix officieuse ,* qui annonce un
homme officieux.
Insipide , sans *saveur ,* sans goût, qui ne *sent* rien.
D'un goût exquis , d'un goût recherché , excellent, d'un
très-bon goût.

FABLE 40.

L'AIGLE ET L'ESCARBOT.

L'aigle enlevait un lapin sans se mettre en peine
des cris d'un escarbot. Celui-ci intercédait pour
son voisin, et suppliait l'oiseau de donner la vie à
son ami; mais l'aigle, sans avoir égard aux prières
du bestion, mit l'autre en pièces. Il ne tarda guère
à s'en repentir; car quelques jours après, voici
que l'escarbot, qui avait pris le temps que l'aigle

s'était écarté de son nid, y vole, culbute tous les œufs, fracasse les uns, fait faire le saut aux autres, et, par la destruction entière du nid, venge la mort de son ami. Ainsi l'aigle paya cher sa cruauté et le mépris qu'il avait fait des prières d'un faible animal.

L'*Escarbot* est une sorte d'insecte qui a des ailes, des cornes, etc. On le nomme aussi cerf-volant.
Intercéder pour son ami, prier, solliciter pour son ami.
Bestion, petite *bête, faible* animal.
Fracasser, briser, *casser* en plusieurs pièces.

———

FABLE 41.

LE LABOUREUR ET LA COULEUVRE.

Un laboureur trouva dans la neige une couleuvre transie de froid et demi-morte ; il en eut pitié, la prit et l'emporta dans sa cabane, où, après avoir allumé un grand feu, il la réchauffa si bien et en prit tant de soin, que peu à peu elle reprit ses forces; mais le premier usage qu'elle en fit, fut de s'élever contre son bienfaiteur et de se lancer sur lui pour le piquer. « Méchante! lui dit le laboureur surpris de son ingratitude, est-ce ainsi que tu reconnais le bien que je viens de te faire? Après que je t'ai sauvé la vie, tu cherches, ingrate, à me l'ôter ! » Cela dit, il prit une hache et la tua.

Transi, pénétré, engourdi de froid.
Cabane, chaumière, petite maison.
Reconnaître un bienfait, en avoir, en témoigner de la *reconnaissance*.

———

FABLE 42.

L'AIGLE ET LA CORNEILLE.

Un aigle tenait une huître entre ses serres et s'efforçait d'en rompre l'écaille, pour en tirer le poisson qu'elle renfermait, mais sans pouvoir en venir à bout. « Vous voilà bien intrigué, lui dit une corneille qui mourait d'envie de lui escroquer sa proie; élevez-vous en l'air et le plus haut qu'il vous sera possible, puis laissez tomber votre huître sur ces cailloux; l'écaille sera bien forte si elle ne s'y brise. » L'aigle trouva l'expédient merveilleux, et fit ce que l'autre lui conseillait; mais la conseillère seule y trouva son compte; car l'huître s'étant brisée en tombant, la corneille enleva le poisson et prit la fuite, non sans rire de la sotte crédulité de l'aigle.

Huître, espèce de poisson de mer à écailles, à coquilles.

Serre, se dit du pied des oiseaux de proie, qui s'appelle aussi quelquefois *main*. On dit *la main du perroquet*, etc.

Être bien intrigué, bien embarrassé.

Escroc, fripon, fourbe, qui a coutume de tirer, d'attraper quelque chose par fourberie, par impudence, par artifice.—*Escroquer*, tirer quelque chose d'une personne par fourberie, par artifice.

Proie, ce que les animaux carnassiers ravissent pour le manger. *Le lion se jette sur sa proie. Le loup emporta sa proie dans le bois.*

Trouver l'expédient merveilleux, trouver le moyen proposé excellent, très-bon.

Le conseiller, la conseillère, celui, celle qui donne un *conseil, des conseils*.

Un homme *crédule*, qui *croit* sans réfléchir assez, qui *croit* trop facilement.—*Crédulité*, facilité à *croire* sur un fondement bien léger.

FABLE 43.

LA TORTUE ET L'AIGLE.

Un jour la tortue, qui se lassait de ne se traîner que sur des sables, pria l'aigle de l'élever avec elle dans l'air et le plus haut qu'il lui serait possible. Celle-ci, pour la contenter, la prit entre ses serres et la porta au-dessus des nuages les plus élevés. « Ma reine, lui dit la tortue qui ne se sentait pas d'aise, sans doute que tous ces animaux qui ne me regardaient là-bas qu'avec mépris, ne me voient maintenant qu'avec des yeux d'envie si fort élevée au-dessus d'eux. » Tandis que celle-ci s'en faisait ainsi accroire, l'aigle se lassa de la soutenir, ouvrit ses serres et la lâcha. Alors on vit l'orgueilleuse tortue tomber tout-à-coup sur des rochers et y voler en éclats.

Tortue, animal amphibie, c'est-à-dire qui vit sur la terre et dans l'eau.—La *tortue* a quatre pieds et marche fort lentement ; tout son corps est couvert d'une grande écaille dure, à la réserve de la tête, des pieds et de la queue.

Ne se sentir pas d'aise, être transporté de joie, de plaisir, de contentement.

Éclat, pièce, partie d'un morceau de bois qui est brisé, rompu en long. *On a fendu cette bûche par éclats.* — *Éclat* se dit aussi des pierres, des bombes, etc. *Le canon donnant dans la muraille fit voler des éclats. Il fut blessé d'un éclat de bombe.* —*On vit la tortue voler en éclats*, voler en morceaux.

FABLE 44.

LE PILOTE.

Le vent était favorable et la mer tranquille, et

cependant un pilote visitait son vaisseau, plaçait son ancre, préparait les cordages, allait de çà, de là autour de ses voiles, et prenait garde à tout. Un de ses passagers s'en étonna: « Patron, lui dit-il, à quoi bon vous empresser si fort? A voir cette agitation, qui ne croirait que nous serions à la veille de périr; et cependant la mer et le vent, tout nous rit. Que craignez-vous? » — « Rien pour le présent, répondit le sage pilote, mais pour l'avenir je crains toujours. Lorsque nous y penserons le moins, une tempête peut s'élever; où en serions-nous, je vous prie, si elle venait nous surprendre au dépourvu? »

Pilote, celui qui gouverne, qui conduit un vaisseau, une galère, ou tout autre bâtiment de mer.

Voile, se dit de plusieurs lès de toile forte, cousus ensemble, et que l'on attache aux antennes ou verges des mâts, pour prendre, pour recevoir le vent. On dit *mettre les voiles au vent, mettre un vaisseau à la voile, ou* simplement *mettre à la voile,* pour dire partir du port, commencer la navigation.

Patron, signifie protecteur. *Saint-Jean est le patron de cette ville.—Le patron d'une maison,* se dit du maître de la maison. *— Le patron d'un vaisseau*, celui qui commande aux matelots d'un vaisseau, et qui a soin de ce qui regarde le service et la manœuvre du bâtiment.

Rire, se dit quelquefois de ce qui est agréable, de ce qui plaît. *Tout rit dans cette maison de campagne, tout rit dans ces prés, dans ce bocage,* c'est-à-dire, tout y est agréable, tout y plaît aux yeux. — On dit aussi d'un homme heureux, à qui tout réussit, que *la fortune lui rit, que tout lui rit, que tout rit à ses désirs.* —*La mer, le vent, tout nous rit,* nous est favorable.

FABLE 45.

LES LIÈVRES.

Une forêt battue du vent faisait plus de bruit

que de coutume. Les lièvres s'en effrayèrent.
« Sauvons-nous, dit l'un d'eux; j'entends les cris
du chasseur et les abois des chiens. » Et toute la
bande prit aussitôt la fuite. Un marais l'arrêta;
des grenouilles y sautaient de la rive dans l'eau.
Le bruit qu'elles faisaient en s'y plongeant aug-
menta l'épouvante du chef de nos fuyards. Comme
il ne pouvait fuir en avant, et qu'il n'osait rebrousser en arrière , son embarras s'accrut, et à tel
point qu'il ne savait quel parti prendre. Cependant un de la troupe réfléchissait sur ce qui les
avait si fort effrayés. « Voici , dit-il aux autres,
ce que nous fuyons : du vent et des grenouilles. »
A ces mots, les lièvres se rassurèrent et retournè-
rent dans la forêt.

Aboyer, aboi, se disent du cri , des cris des chiens.
Rebrousser , se dit particulièrement des cheveux et des poils,
lorsqu'on les relève du sens contraire à celui dont ils sont naturellement couchés.—*Rebrousser* signifie aussi retourner subitement en arrière.
Se rassurer, reprendre confiance, reprendre courage.

FABLE 46.

LE LION ET LA MOUCHE.

Une mouche défia un lion au combat, et le vain-
quit : elle le piqua à l'échine, puis au flanc, puis en
cent endroits, entra dans ses oreilles, au fond de
ses naseaux , en un mot le harcela tant, que de
rage de ne pouvoir se mettre à couvert des insultes d'un insecte , il se déchira lui-même. Voilà
donc la mouche qui triomphe, bourdonne, et s'é-

lève en l'air. Mais comme elle vole de côté et d'autre pour annoncer sa victoire, l'étourdie va se jeter dans une toile d'araignée, et y reste. « Hélas! disait-elle en voyant accourir son ennemie, faut-il que je périsse sous les pattes d'une araignée , moi qui viens de me tirer des griffes d'un lion. »

L'échine, l'épine du dos , la partie de l'animal qui prend depuis le milieu des épaules jusqu'au croupion.

Le flanc, les flancs, le côté, les côtés de l'animal.

Les naseaux, les ouvertures du *nez.*

Harceler, agacer, provoquer, exciter jusqu'à importuner , jusqu'à tourmenter. Il est naturellement très-paresseux , il faut le *harceler* pour le faire agir.—*Harceler les ennemis à la guerre ,* les inquiéter, les fatiguer par de fréquentes escarmouches.

Insecte , petit animal dont le corps est divisé et comme coupé par anneaux, par *sections.* Les *mouches , les vers , les fourmis ,* les *hannetons,* les *papillons ,* sont des *insectes.*

Etourdi , qui agit sans considérer ce qu'il fait. *Voilà un jeune enfant bien étourdi. Tous ces gens-là sont des étourdis, ils ne savent ce qu'ils font.*

FABLE 47.

LE CHASSEUR ET LE CHIEN.

Un chasseur lançait un cerf, et tâchait de ranimer par ses cris et par le son du cor un chien que la vieillesse avait rendu pesant et tardif. Celui-ci, qui manquait bien moins de courage que de forces, fit un dernier effort et courut de telle vîtesse, qu'il atteignit la bête et la mordit ; mais faute de dents, il ne put l'arrêter. Alors le chasseur, au désespoir de manquer sa proie ; courut au chien et le chargea de coups, en lui reprochant qu'il n'était plus bon à rien. « Si je ne suis plus ce que je fus autrefois, lui répliqua le chien , ne t'en prends qu'à ma vieillesse. Maintenant je vaux peu, je l'avoue; mais, ingrat , souviens-toi de ce que j'ai valu dans ma jeunesse. »

Lancer , signifie jeter de force et de raideur avec la main. *Lancer une pierre , lancer un trait , un javelot.*—En terme de chasse, *lancer le cerf* , c'est le faire sortir de l'endroit où il est pour lui donner les chiens.

Ranimer, signifie rendre la vie , redonner la vie. *Dieu seul peut ranimer les morts.*—*Ranimer* veut dire aussi exciter , réveiller l'ardeur, le courage.

Cor , instrument à vent courbé en spirale.

FABLE 48.

LES MEMBRES ET L'ESTOMAC.

Un jour les membres se dépitèrent contre le ventre : « Nous nous tuons, dirent-ils, à travailler, et pour qui ? pour un glouton qui, sans prendre aucune part à notre travail, en retire seul tout le fruit. Qu'il prenne lui-même de quoi se nourrir , disait le bras; je ne veux plus rien lui donner. J'ai tant fait de pas pour ce fainéant , disait le pied, que j'en suis tout fatigué; il est temps que je me repose. Arrive ce qui pourra , disait d'une autre part la jambe, je ne veux pas, moi, bouger d'ici. » Le ventre, ainsi abandonné, ne tarda guère à s'affaiblir. Aussitôt tous les membres s'en ressentirent; et comme chacun d'eux perdait ses forces à mesure que le ventre perdait les siennes , ils tombèrent bientôt en défaillance et périrent enfin avec lui.

L'estomac est dans le corps de l'animal la partie intérieure destinée à recevoir et à digérer les aliments.

Dépit, chagrin mêlé de colère. *J'ai un vrai dépit de ce qu'il a fait. Faire quelque chose par dépit, de dépit.*—On dit en dé-*pit de lui,* pour dire malgré lui. *J'en viendrai à bout en dépit de tout le monde.*—*Se dépiter,* se fâcher, se mutiner.

Glouton , gourmand , qui mange avec avidité et avec excès. *Le loup est un animal glouton. Cet enfant est fort glouton.*

Fainéant, paresseux, qui ne veut point travailler , qui ne veut rien faire.

FABLE 49.

LE BUISSON, LE PLONGEON ET LA CHAUVE-SOURIS.

Le buisson , le plongeon et la chauve-souris s'associèrent ensemble pour négocier. Le buisson contribua d'une robe, et la mit sur un vaisseau qui partait pour les Indes, le plongeon y porta un lingot d'or pour sa part, et la chauve-souris quel-qu'argent qu'elle avait emprunté pour la sienne. Quelque temps après, le vaisseau mit à la voile , et ne fut pas plus tôt hors du port qu'il fut accueilli d'un ouragan et périt avec tout ce qu'il portait. De là vient que le plongeon se tient toujours sur les bords de la mer, dans l'espérance qu'elle lui rendra son or; que la chauve-souris n'ose se mon-trer le jour , de peur de rencontrer ses créanciers; et que le buisson, qui s'imagine à tous momens revoir sa robe, accroche celle de tous les passans.

Négoce, signifie commerce.—*Négocier,* trafiquer, commercer , faire le *négoce.*

Les Indes , les deux presqu'îles de l'Inde, au sud de l'Asie.

Lingot , se dit principalement de l'or et de l'argent en masse, et qui n'est pas mis en œuvre. *De l'or, de l'argent en lin-got.*

Ouragan, grand vent, comme il en fait dans les orages, signifie aussi tempête violente, accompagnée de tourbillons.

Le *créancier*, celui qui a fait *crédit*, qui a prêté de l'argent,
celui à qui l'on doit, a pour contraire le débiteur, celui à qui
l'on a fait crédit, à qui l'on a prêté de l'argent, celui qui doit.

FABLE 50.

LE LION MALADE ET LE RENARD.

Le lion malade dépêchait de toutes parts des
courriers aux animaux, et invitait chacun d'eux à
venir adoucir par sa présence l'ennui que sa langueur lui causait; ceux-ci accoururent aussitôt en
grande hâte à la caverne du lion, qui les étran-
glait à mesure qu'ils arrivaient. Le renard seul
ne jugea pas à propos de se mettre en chemin ; et
voici la raison qu'il en rendit au singe qui était
venu, et plus d'une fois, le prier de la part du
lion de venir rendre à celui-ci ses devoirs, comme
tous les autres l'avaient fait : « J'ai, dit-il, observé
avec soin les traces des animaux qui sont venus
rendre visite au lion; toutes me marquent bien
qu'ils sont entrés, mais pas une ne me fait connaître qu'ils soient sortis.

Dépêche, lettre concernant les affaires publiques. *Les dépêches
des ambassadeurs. Il a fait un paquet de toutes ses dépêches.*
Dépêcher un courrier, signifie l'envoyer en diligence avec des
ordres, des *dépêches.*

Languir, être souffrant, malade.—*Langueur,* maladie.

La trace, la marque du pied. Quand un homme ou un animal
marche dans la neige, sur le sable, on y voit par la trace de leurs
pieds dans quel sens ils se sont dirigés.

FABLE 51.

MERCURE ET LE BUCHERON.

Un bûcheron perdit sa cognée. Comme c'était son gagne-pain, le pauvre homme se désespérait. Mercure, touché de ses cris, vint à lui, et lui montrant une cognée d'argent: « Ne serait-ce pas là, lui dit-il, la cognée que tu viens de perdre ? » — « Non, répondit l'homme sans hésiter. » — « Et cette autre, reprit le dieu en lui en faisant voir une seconde d'or ? » — « Ni celle-là, lui répartit-on. » — « Ce sera donc celle-ci, poursuivit Mercure en lui en découvrant une troisième de fer ? » — « Voilà, s'écria le bûcheron, celle que je cherche , et l'unique que je vous demande. » — « Prends-là, lui dit le dieu ; et, pour prix de ta bonne foi, emporte encore les deux autres. » Cela dit, il le força à les prendre toutes trois.

Mercure, suivant la fable, est le dieu de l'éloquence, du commerce et des voleurs , et le messager des dieux ; on lui supposait des ailes à la tête et aux pieds , afin qu'il pût exécuter plus promptement leurs ordres.

Hésiter, ne pas trouver facilement ce qu'on veut dire, que cela vienne de crainte, d'un défaut de mémoire ou d'une autre cause. *Il n'avait pas bien appris son sermon , il hésita dès le commencement. La présence des juges le fit hésiter sur ce qu'il avait à dire.*—*Hésiter* , signifie aussi être incertain sur le parti, sur la résolution que l'on doit prendre. *Il a long-temps hésité sur le choix de l'état , de la profession qu'il doit suivre.*—*Répondre sans hésiter*, sans chercher, sans balancer, tout de suite.

FABLE 52.

LE TAUREAU ET LE RAT.

Un taureau était couché sur la litière; en ruminant, il réfléchissait sur sa force. «Otez l'éléphant et le lion, disait-il en lui-même, je suis sans contredit le plus fort et le plus redoutable de tous les animaux ; hors ces deux-là, de tous les autres , quels qu'ils soient , je n'en crains aucun. » Pendant qu'il s'en faisait ainsi accroire , un rat sortit d'un des trous de l'étable et vint brusquement lui mordre le pied, puis courut regagner l'endroit d'où il était sorti. Alors le taureau, qui avait ressenti une douleur si vive qu'il n'avait pu s'empêcher d'en mugir, changea de langage; et, désespéré de se voir exposé aux insultes d'un rat , il le mit au rang des animaux qu'il avait à craindre.

La *litière*, la paille qui sert de *lit* aux animaux.
Ruminer , ne se dit que de certains animaux qui *remâchent* ce qu'ils ont déjà avalé. *Les bœufs, les brebis ruminent.—Les animaux ruminants* ont plusieurs ventricules, ou estomacs.
L'étable, l'écurie.
Brusquement, promptement et rudement.
Mugir, mugissement, se disent du cri du taureau.

FABLE 53.

LA FOURMI, LA COLOMBE ET LE CHASSEUR.

Une fourmi tomba par mégarde dans un ruisseau; comme elle s'y noyait , une colombe qui l'avait aperçue fit tomber dans l'eau quelques petites branches de l'arbre sur lequel elle était perchée ; ce fut pour l'autre un petit radeau , qui lui donna moyen de se sauver sur la rive. Dans le temps qu'elle abordait, un chasseur y bandait son arc et y mirait la colombe. Il allait la percer d'un coup de trait, lorsque la fourmi reconnut le danger où était sa bienfaitrice. Alors elle accourut et piqua l'homme au pied ; au bruit que celui-ci fait en se retournant , la colombe le découvre et s'envole. Ainsi celle qui lui devait la vie la lui sauva à son tour , et lui rendit par ce moyen le bon office qu'elle en avait reçu.

Par mégarde, par manque, par défaut d'attention.

Perche se dit quelquefois d'un brin de bois long de dix à douze pieds et de la grosseur du bras ou environ.—*Percher, se percher,* se mettre sur une *perche*, sur une branche d'arbre, sur une baguette, etc.

Radeau, assemblage de pièces de bois liées ensemble, et qui forment une sorte de plancher , dont on se sert quelquefois pour porter des hommes, des chevaux et autres choses sur des rivières.

Aborder, venir au bord , sur le bord de la rivière.

La *mire* est une espèce de bouton placé au bout d'un fusil, d'un canon et qui sert à viser.—*Mirer,* viser, regarder avec attention l'endroit où l'on veut que porte le coup d'une arme à feu , d'une arbalète, etc.

Le bon office, le bon service.

FABLE 54.

L'ANE REVÊTU DE LA PEAU DU LION.

Un âne se revêtit de la peau d'un lion. Cela fait, il sortit du moulin , et de forêt en forêt courut ainsi travesti donner l'épouvante à tous les animaux. Dès qu'il se montrait, ceux-ci, qui pensaient qu'il était en effet ce qu'il leur semblait être, prenaient la fuite tout effrayés. L'alarme était générale parmi eux, lorsque le meunier, qui cherchait le baudet, le rencontra, comme il donnait la chasse aux lions mêmes. D'abord il le prit de loin pour un vrai lion, et en fut épouvanté; mais l'ayant considéré de plus près, il aperçut un bout d'oreille d'âne qui passait, et reconnut ainsi la ruse. Alors il courut droit à lui, et, sans autre compliment, le fit rentrer au moulin à grands coups de bâton.

Se *revêtir*, se couvrir d'une *veste*, d'un *vêtement*, se couvrir.
Travestir, changer le *vêtement*, déguiser. *On a travesti des soldats en paysan pour surprendre la place.*
L'alarme, la frayeur, l'épouvante.

FABLE 55.

LE SINGE ET LE CHAT.

Le singe et le chat méditaient au coin du feu comme ils s'y prendraient pour en tirer des marrons qui y rôtissaient. « Frère, dit le premier à l'autre, ces marrons que tu vois, il nous les faut avoir à quelque prix que ce puisse être; et pour cela, comme je te crois la patte plus adroite que la mienne, tu n'as qu'à t'en servir, écarter tant soit peu cette cendre et nous les amener ici. » L'autre approuve l'expédient, range d'abord les charbons, puis la cendre, porte et reporte la patte au lieu du feu, en tire un, deux, trois marrons; et pendant qu'il se grille, le singe les croque. Un valet vient sur ces entrefaites troubler la fête, et les galans prennent aussitôt la fuite. Ainsi le chat eut toute la peine, et l'autre tout le profit.

Méditer, examiner attentivement, réfléchir.

Galant, veut dire qui est civil, sociable qui a de la probité. *Vous pouvez lui donner votre affaire à conduire, il s'en acquittera fort bien, car c'est un homme de mérite, un galant homme.* — On dit aussi : *on a pris le galant,* pour dire on a arrêté le voleur.

FABLE 56.

LE PAON ET LE ROSSIGNOL.

Le paon se plaignait à Junon de ce que les dieux ne lui avaient donné qu'une voix glapissante et désagréable, tandis qu'il leur avait plu de rendre celle du rossignol douce et mélodieuse. « Cette voix si charmante, disait-il, je la méritais bien mieux que ce petit oiseau, moi qui suis le plus beau de tous ceux qui volent dans les airs. » — « C'est précisément, répliqua la déesse, parce que tu es le plus beau des oiseaux, que tu chantes le plus mal. Ce rossignol, dont tu envies si injustement la voix, n'a garde de t'envier ton plumage : il sait que les dieux ont fait diverses parts de leurs dons, et que chacun doit se contenter de celle qu'ils ont bien voulu lui en faire. Cesse donc de te plaindre, et crains que, pour te punir de ton orgueil, ils ne t'ôtent encore ce plumage qui te rend si fier. »

Junon, suivant la fable, est la sœur et l'épouse de Jupiter, la reine des dieux et des hommes. Le *paon* était sous la protection de cette déesse ; elle en avait toujours deux attelés à son char.

Glapir, se dit en parlant de l'aboi aigre des petits chiens et des renards. — *Une voix glapissante,* une voix aigre.

Mélodie, chant agréable. — *Une voix mélodieuse,* agréable.

FABLE 57.

JUPITER ET LA TORTUE.

Jupiter manda un jour les animaux ; il voulait, pour se récréer, les voir tous ensemble et en considérer la diversité. Ceux-ci obéirent et accoururent en grande hâte ; la tortue seule se fit attendre, et si long-temps, qu'on crut qu'elle ne viendrait pas. Elle arriva pourtant, mais la dernière ; et sur ce qu'on se plaignait, elle voulut représenter qu'avant de partir il lui avait fallu transporter sa maison en lieu de sûreté ; ce qui lui avait fait perdre, disait-elle, beaucoup de temps. Mais l'excuse fut si peu goûtée, qu'on ne lui donna pas le temps de la faire valoir. A peine eût-elle commencé à parler de sa maison, que Jupiter, qui voulait être obéi et sans délai, la lui mit sur le dos. De là vient qu'en punition de sa faute, elle la porte encore aujourd'hui.

Mander, envoyer dire, faire savoir par lettre ou autrement. *Je lui ai mandé cette nouvelle, je lui ai mandé qu'il vînt, je lui ai mandé de venir.* — *Mander quelqu'un*, lui donner avis ou ordre de venir. *On a mandé tous les parents.*

Se récréer, se procurer une *récréation*, un amusement.

La diversité, la variété, la différence.

Le goût, l'organe par lequel nous recevons l'impression des saveurs. — *Goûter une sauce*, c'est en faire l'essai par le moyen du goût. — *Goûter*, signifie quelquefois approuver, trouver bon. *Goûter une raison, goûter une excuse*, la trouver de son goût, la trouver bonne.

FABLE 58.

LE SOUHAIT DE L'ENVIEUX.

L'envieux et l'avare, tous deux prosternés aux pieds de Jupiter, le conjuraient de leur marquer sa bonté par quelque bienfait. Le Dieu, qui pensait plutôt à les punir qu'à les récompenser, y réussit par cette adresse : « Parle le premier, dit-il à l'envieux, et sois sûr d'obtenir sur-le-champ ce que tu me demanderas ; mais, en même temps, sache que ce que je te donnerai, celui-ci l'aura au double. Explique-toi donc, que veux-tu ? » — « Que vous me creviez un œil, » dit l'envieux, qui ne put jamais se résoudre à faire un souhait qui doublât le profit de son compagnon. Ainsi le Dieu, qui se vit en droit de faire, d'un seul coup, un borgne et un aveugle, les punit l'un par l'autre. L'envieux se consola, parce que, disait-il, il avait eu du moins le plaisir, en perdant un œil, d'en faire perdre deux à l'avare.

Se prosterner, se jeter à genoux aux pieds de quelqu'un, s'abaisser jusqu'à terre. *On se prosterne devant le saint Sacrement.*

Conjurer quelqu'un, le prier, le supplier.

FABLE 59.

LE CHEVAL ET L'ANE.

Un cheval, couvert d'une riche housse, allait trouver son maître à la guerre. Un âne le vit passer; alors il ne put s'empêcher de soupirer , d'envier le bonheur de l'autre. « Suis-moi , lui dit le cheval , qui s'en était aperçu, et tu partageras la gloire dont je vais me couvrir. » Le baudet ne se le fit pas dire deux fois , et le suivit. Il arrive au camp ; et d'abord , soldats , armes, pavillons , le bruit des tambours , le son des trompettes , tout lui plaît, tout le fait tressaillir d'aise. Mais quelques jours après, lorsqu'il vit le cheval obligé de porter son maître dans la mêlée, au risque de mille coups, il sentit diminuer sa joie, et pensa à ce qu'il avait quitté. Un moment après il baissa les oreilles, et tourna le dos ; puis , malgré tout ce que l'autre lui put dire pour l'engager à rester, il courut au grand trot reprendre le chemin du moulin.

Housse, sorte de couverture qu'on attache à la selle d'un cheval et qui en couvre la croupe. *Une housse de drap, de velours. Une housse en broderie d'or et d'argent.*

Pavillon, espèce de logement portatif, fait ordinairement de toile de coutil, qui sert aux gens de guerre pour camper.

Tressaillir , faire un *saut, sauter,* éprouver une agitation vive et passagère. *Tressaillir de joie , tressaillir de peur,* etc.

La mêlée se dit d'un combat opiniâtre ou deux troupes de gens de guerre se *mêlent* l'épée à la main l'une contre l'autre.

Au risque de mille coups , exposé à recevoir, etc.

FABLE 60.

LE CHÊNE ET LE ROSEAU.

Le chêne se moquait du roseau. « Jouet du moindre souffle, lui disait-il d'un ton méprisant , que tu me fais pitié, lorsque je te vois sur les bords d'un marais où l'on ne te découvre qu'à peine ,

baisser la tête devant les plus faibles zéphirs !
Regarde-moi : vois jusqu'où la mienne s'élève, et
combien est robuste ce tronc qui résiste aux plus
furieuses tempêtes. » Pendant qu'il se vantait de
la sorte, un ouragan s'éleva et vint tout-à-coup fondre sur le roseau et sur lui. Le vent eut beau
souffler contre le premier ; comme celui-ci pliait,
il ne fit que l'agiter ; tout le mal tomba sur le
chêne. Pendant qu'il se raidit et croit tenir ferme
contre l'orage, un tourbillon de vent l'enveloppe,
l'ébranle et le renverse. Alors on vit cet orgueilleux
tomber au pied de celui qu'il venait d'insulter.

Le mot *jouet* se dit quelquefois d'un homme dont on se *joue*,
dont on se moque. *Pensez-vous qu'il veuille être votre jouet ?*
Par analogie, on dit qu'*un vaisseau est le jouet des vents, des flots,
des tempêtes.—Jouet du moindre souffle, du moindre vent.*

Ebranler, donner des secousses à une chose, en sorte qu'elle
ne soit plus dans une assiette ferme. *Les vents ont ébranlé cette
maison. Le canon a ébranlé la tour, le rempart.*

FABLE 61.

LE POT DE TERRE ET LE POT DE FER.

Le pot de fer dit un jour au pot de terre :
« Frère, ne verrons-nous jamais que le coin d'une
cuisine ? Qui n'a rien vu n'a rien à conter, et
d'ailleurs on dit que le voyage fait l'esprit. Il me
prend envie de voir le pays, et si tu as la même
curiosité, nous voyagerons de compagnie. Vois-tu
bien cette rivière qui passe au pied du logis ? Il
nous faudra y entrer ; cela fait, nous nous laisse-
rons emporter par le courant de l'eau : de cette

manière nous pourrons faire en très-peu de temps
beaucoup de chemin, et cela, comme tu vois, sans
fatigue. » L'autre, fort satisfait de l'expédient,
sortit, entra dans l'eau avec le pot de fer, et le
suivit ; mais il n'alla pas loin : son camarade, qui
flottait tantôt à droite et tantôt à gauche, le heur-
tait à tout moment. Le pot de terre ne fut pas à
trente pas du bord, qu'il ne fut que pièces et
morceaux.

Flotter, aller au gré des vagues, des *flots*.
Heurter, choquer, toucher ou rencontrer rudement.

FABLE 62.

LE VIGNERON ET SES ENFANS.

Un vigneron se sentait proche de sa fin. Alors
il appela ses enfans : « Mes enfans, leur dit-il, je
ne veux point mourir sans vous révéler un secret
que je vous ai tenu caché jusqu'à présent pour cer-
taines raisons. Apprenez que j'ai enfoui un trésor
dans ma vigne: lorsque je ne serai plus et que vous
m'aurez rendu les derniers devoirs, ne manquez pas
d'y fouiller, et vous l'y trouverez. » Le bon homme
mort, les enfans coururent à la vigne et retournè-
rent le champ de l'un à l'autre bout; mais ils eurent
beau fouiller et refouiller, ils n'y trouvèrent rien
de ce que leur père leur avait fait espérer. Alors
ils crurent qu'il les avait trompés ; mais ils reconnurent bientôt qu'il ne leur avait rien dit que
de véritable. Le champ, ainsi retourné, devint si

fécond , que la vigne leur rapporta , pendant plusieurs années , le triple de ce qu'elle était accoutumée de produire.

Révéler, lever le *voile* qui couvre, découvrir.
Enfouir , cacher dans une *fosse ,* dans un trou , dans la terre.
Lorsque je ne serai plus, lorsque je serai mort.
Rendre les derniers devoirs à quelqu'un , le faire enterrer.
Fécond, qui produit beaucoup, a pour contraire *stérile,* qui ne produit rien.

FABLE 63.

JUPITER ET LES ANIMAUX.

Jupiter dit un jour : « Que tous les animaux comparaissent devant moi ; je veux entendre leurs plaintes; et les imperfections qu'ils voudront que je réforme en eux , je les réformerai. » Ceux-ci obéirent, et comparurent. Alors le Dieu, qui comptait trouver parmi eux grand nombre de mécontens , crut que l'éléphant allait se plaindre de sa queue, le chameau de ses oreilles , au moins l'ours de sa masse informe. Mais quelle fut sa surprise , lorsqu'il eut reconnu qu'ils étaient tous satisfaits de leurs formes, qu'ils lui savaient même mauvais gré de ce qu'il avait pu les soupçonner de mécontentement sur cet article. On glosa bien sur ses voisins : on ajouta à celui-ci , on retrancha de celui-là ; mais chacun en particulier soutint qu'à son égard il n'y avait rien à corriger ; le singe même remercia fièrement Jupiter, et se crut tout aussi bien taillé qu'il pouvait l'être.

Comparaître, se montrer, se présenter.
Savoir mauvais gré, n'être pas satisfait, n'être pas content.
Gloser, censurer, critiquer, trouver à redire. *Pourquoi gloser sur mes actions, sur mes paroles. Il n'y a point à gloser sur ma conduite. Que trouvez-vous à gloser là—dessus ?*

On dit qu'*un homme est bien taillé,* pour dire qu'il est bien fait, qu'il a le corps bien proportionné.

FABLE 64.

LA CIGALE ET LA FOURMI.

La cigale, qui pendant tout l'été n'avait pensé qu'à se donner du bon temps, se trouva aux approches de l'hiver dans une disette extrême. Comme elle ne savait où trouver de quoi subsister, elle eût recours à la fourmi et la pria de lui prêter quelques grains. « Me refuser, lui disait-elle, c'est vouloir que je meure de faim ; car je n'ai fait, je vous jure, aucune provision. » — « Tant pis, répartit la fourmi ; il fallait songer à l'avenir, faire ce que j'ai fait, travailler, remplir vos magasins de bonne heure. Et que faisiez-vous donc dans la belle saison ? »—« Je chantais jour et nuit, dit la cigale. » —« Mais vraiment, reprit l'autre en se moquant, vous ne pouviez mieux faire que de songer à vous réjouir. Ainsi, croyez-moi, achevez l'année comme vous l'avez commencée; et, puisque vous en avez employé la moitié à chanter, ne manquez pas d'employer encore l'autre à danser. »

Se donner du bon temps, s'amuser, se réjouir.
Une disette extrême, une grande nécessité, un grand besoin des choses nécessaires à la vie.
Trouver de quoi subsister, trouver de quoi vivre.

FABLE 65.

LE CROCODILE ET LE RENARD.

Le crocodile méprisait le renard et ne lui parlait que de sa noble extraction. « Faquin , lui disait-il d'un ton arrogant , je te trouve bien hardi d'oser te faufiler avec moi ; sais-tu bien qui je suis? Sais-tu que ma noblesse est presque aussi ancienne que le monde ? »—« Et comment pourrez-vous me prouver cela , répliqua l'autre fort surpris ? »— « Très-aisément , lui dit le crocodile ; apprends que dans la guerre des géans, quelques-uns d'entre les dieux prirent la fuite, et vinrent , transformés en crocodiles , se cacher au fond du Nil. C'est de ceux-là que je descends en droite ligne. Mais toi, misérable, d'où viens-tu ? »—« En vérité, répartit le renard, c'est ce que je ne sais point, et ce que je n'ai jamais su. Croyez, seigneur crocodile, que je suis beaucoup plus en peine de savoir où je vais, que d'apprendre d'où je viens. »

Crocodile, animal amphibie, à quatre pieds, couvert d'écailles, et de la figure d'un lézard.

Extraire, signifie *tirer de*. *Extraire le sel, l'huile de quelque chose.—Extraction*, opération par laquelle on *tire de*. C'est dans les mines de la terre que se fait l'extraction de l'or , de l'argent, de la houille , etc.—*Extraction* , signifie aussi l'origine d'où quelqu'un *tire* sa naissance. Il est de *noble extraction , de basse, de vile extraction. Je connais son extraction.*

Faquin est un terme de mépris , qui se dit d'un homme de néant, ou d'un homme qui fait des actions basses.

D'un ton arrogant, d'un ton hautain, fier, orgueilleux.

Les géans, suivant la Fable, étaient fils de Titan, et d'une taille prodigieuse. Ils entassèrent des montagnes les unes sur les autres et entreprirent d'escalader le ciel, pour remettre leur père sur le trône dont Jupiter s'était emparé. Quelques dieux furent si effrayés à la vue des géans qu'ils abandonnèrent le ciel et s'enfuirent en Egypte, où ils se cachèrent sous diverses formes d'animaux, tels que *crocodiles*, etc.

Le Nil est un fleuve qui arrose l'Egypte ; on y voit beaucoup de crocodiles.

Descendre en droite ligne, descendre directement, de père en fils.

FABLE 66.

LE LOUP ET L'AGNEAU.

Le loup et l'agneau se désaltéraient dans le courant d'un ruisseau, le premier fort près de la source, le second fort au-dessous. Le loup, qui ne cherchait qu'un prétexte pour mettre l'agneau en pièces, ne l'eut pas plus tôt aperçu qu'il courut à lui, et l'accusa d'avoir troublé son eau. « Comment pourrais-je la troubler, lui dit l'agneau tout tremblant? Je bois fort au-dessous de l'endroit où vous buvez ; croyez que bien loin de chercher à vous nuire, je n'en ai pas seulement la pensée. » — « Hier, répliqua le loup, je vis ton père qui animait par ses cris des chiens qui me poursuivaient. » — « Il y a plus d'un mois, répondit l'agneau, que mon père a senti le couteau du boucher. » — « C'était donc ta mère, poursuivit le cruel ? » — « Ma mère, répartit l'autre, mourut ces jours passés en me mettant au monde. » — « Morte ou non, reprit le loup en grinçant les dents, je sais combien tu me hais, toi et les tiens ; il faut que je me venge. » Cela dit, il s'élance sur l'agneau, l'étrangle et le mange.

Prétexte, cause, raison apparente dont on se sert pour cacher le vrai motif d'un dessein, d'une action. *Il ne cherche qu'un prétexte pour se plaindre. Opprimer l'innocence sous prétexte de justice.*

———

FABLE 67.

L'ANE QUI CHANGE DE MAITRE.

L'âne d'un jardinier se lassa de se lever avant la pointe du jour pour porter les herbes au marché. Un jour il pria Jupiter de lui donner un maître chez qui il pût, disait-il, au moins dormir. « Soit, dit le maître des dieux » ; et cela dit, voilà le baudet chez un charbonnier. Il n'y fut pas resté deux jours, qu'il regretta le jardinier. « Encore, disait-il en lui-même, chez lui j'attrapais de temps en temps, à la dérobée, quelques feuilles de chou ; mais ici que peut-on gagner à porter du charbon ? des coups, et pas davantage. » Il fallut donc lui chercher une autre condition. Jupiter le fit entrer chez un corroyeur, et le baudet, qui n'y pouvait souffrir la puanteur des peaux dont on le chargeait, criait plus fort que jamais et demanda pour la troisième fois un autre maître ! « Si tu avais été sage, lui dit alors le Dieu, tu serais resté chez ton premier maître. Quand je t'en donnerais un nouveau, tu n'en serais pas plus content que des autres. Ainsi reste où tu es, de peur que tu ne trouves encore ailleurs plus de sujet de te plaindre. »

Soit, dit le maître des dieux, c'est-à-dire, *je consens que la chose soit comme tu le demandes*, dit le, etc.

Dérober, signifie voler , prendre en cachette ce qui appartient à autrui.—*A la dérobée*, en cachette.

Le *cuir*, c'est la peau de l'animal.—*Corroyer*, repasser , manier, adoucir des *cuirs* et leur donner le dernier apprêt.—*Corroyeur*, celui dont le métier est de *corroyer les cuirs*.

FABLE 68.

L'HIRONDELLE ET LES OISEAUX.

Une hirondelle vit un laboureur qui ensemençait une chènevière, et courut en avertir les oiseaux. « Un jour , leur disait-elle , cette graine vous sera funeste; le chanvre viendra, et l'oiseleur en fera mille engins qui serviront à vous prendre; croyez-moi , volez tous sur ce champ , et mangez cette semaille. » Elle eut beau dire, on ne l'écouta pas; au contraire, on la siffla ainsi que ses prédictions. Cependant le chanvre crût. « Arrachez, leur dit-elle encore, cette maudite herbe ; car si vous la laissez, vous vous en repentirez. » — « Arrachez-la vous-même , lui répartit-on ; pour nous, nous n'en avons pas le loisir. » Enfin , le chanvre étant mûr , l'hirondelle courut aux oiseaux, et leur dit : « Ce que je vous ai prédit est sur le point d'arriver; si vous aimez votre liberté, éloignez-vous de ces cantons. » — « Babillarde, lui dit-on, quand vous plaira-t-il de ne nous plus rompre la tête ? Allez, nous n'avons rien à craindre. » Alors elle quitta la compagnie des oiseaux, qui se repentirent, mais trop tard , de ne l'avoir pas voulu croire ; car quelque temps après, l'oi-

4

seleur arracha son chanvre, en fit des réseaux ,
les tendit, et les y prit presque tous.

Le *Chènevis*, c'est la graine du *chanvre.*—*Chènevière*, champ
semé de *chènevis*, pièce de terre où croît le *chanvre.*

Funeste, malheureux, qui porte la calamité et la désolation avec
soi. *Cette graine vous sera funeste,* causera votre malheur, votre
perte.

Engin est un vieux mot qui signifie industrie. *Mieux vaut
engin que force.*—*Engin* signifie aussi instrument dans les mé-
caniques. *Il fallut élever du canon à force d'engins pour battre la place.*—Avant l'usage des canons , on appellait *engins de
guerre* les machines dont on se servait à la guerre.

Siffler quelqu'un, se moquer de quelqu'un.

Crût, parfait du verbe *croître.*—*Le chanvre crût ,* le chanvre
grandit.

Vous me rompez la tête , vous me cassez la tête , vous me fa-
tiguez, vous m'ennuyez.

FABLE 69.

LE SINGE ET LE RENARD.

Un jour les animaux s'assemblèrent dans le dessein de se choisir un roi; le singe, qui mourait d'envie de l'être , fit en leur présence des tours si sur-
prenants et des gambades si légères , qu'après
avoir charmé par sa souplesse toute l'assemblée ,
il enleva les suffrages et fut nommé roi. Cependant le renard , chagrin de voir que l'adresse l'eût
emporté sur le mérite, tendit au singe ce panneau :
« Sire , lui dit-il , en lui montrant une fosse au
fond de laquelle était un piége qu'il avait préparé
et couvert de quelques feuilles , vous saurez que
ces jours passés j'ai découvert dans ce trou un trésor inestimable ; or, tout trésor, comme bien sait
votre majesté , appartient de droit au roi ; vous

êtes le nôtre ; ainsi, comme il vous est acquis , ne manquez pas d'en faire votre profit. » A ces mots, le singe sauta dans la fosse ; mais bien loin d'y trouver ce qu'il cherchait , il s'y trouva pris au piège du renard, et celui-ci éclatant de rire : « Pauvre fou , dit-il au singe , as-tu bien pu te mettre dans l'esprit que tu saurais gouverner les autres , quand tu ne sais pas te gouverner toi-même.

Gambade, se dit du saut, des sauts du *singe*.

Souple, signifie flexible, maniable, qui se plie aisément sans se rompre, sans se gâter. *Voilà du cuir fort souple. L'osier est souple.* — *Souplesse*, flexibilité de corps, facilité à mouvoir son corps, à se plier comme on veut. *Ce cheval a de la souplesse dans les jarrets. Ce sauteur fait des tours de souplesse qui surprennent.*

Suffrage, déclaration qu'on fait de son sentiment, de sa volonté, et qu'on donne soit de vive voix, soit par écrit ou autrement, à l'occasion d'une élection, d'une délibération. *Je lui ai donné mon suffrage. Il a été élu à la pluralité des suffrages.*

Panneau, se dit d'un filet pour prendre des lièvres, des lapins, etc. — *Tendre un panneau à quelqu'un,* lui tendre un piége.

Sire est le nom qu'on donne au roi quand on parle à sa personne.

On appelle *gouvernail* une pièce de bois attachée à l'arrière d'un navire, d'un vaisseau, d'un bâteau, et qui sert à le faire aller du côté qu'on veut, à le diriger, à le *gouverner*.

FABLE 70.

LA TORTUE ET LES LIÈVRES.

Le lièvre raillait un jour la tortue et lui reprochait son extrême lenteur. « Parions , lui dit celle-ci, que j'arriverai plus tôt que toi à cet arbre que tu vois planté au bout de ce champ. » — « Une tortue défier un lièvre à la course ! répartit l'autre ; allez, ma mie, la tête vous tourne ; avant que

de me faire un défi aussi extravagant, il fallait considérer que je peux faire en quatre sauts plus de
chemin que vous n'en feriez, vous, en quatre semaines. » — « N'importe, reprit la tortue. » Et cela
dit ; elle partit sans perdre le moindre instant. Le
lièvre, sans s'en mettre en peine, lui laisse prendre
le devant, badine, recule, s'amuse à brouter
l'herbe, bien sûr, disait-il en lui-même, de regagner le temps qu'il perdait ; cependant la tortue
avançait toujours. Comme l'autre la voit à deux
doigts du terme, il s'élance, et part comme un éclair ;
mais il n'était plus temps, la tortue touchait au
but. Quelqu'effort que fît le lièvre, il ne put arriver
que le dernier, et perdit ainsi la gageure.

Railler quelqu'un, se rire, se moquer de quelqu'un, le tour-
ner en *ridicule*.
La tête vous tourne, vous perdez la tête.
Un homme extravagant, un homme fou, bizarre, fantasque.
— *Un défi extravagant*, déraisonnable, insensé.

FABLE 71.

LES DEUX AMIS QUI VENDENT LA PEAU DE L'OURS.

Un fourreur avait besoin de la peau d'un ours.
— « Ne vous mettez pas en peine, lui dirent deux
de ses voisins, nous allons tout de ce pas dans la
forêt voisine vous en tuer un des plus gros. » Cela
dit et marché fait pour la peau qu'ils devaient livrer, ils partent et arrivent dans la forêt. Ils n'y
furent pas plus tôt entrés, qu'un ours sort de sa ta-
nière et vient droit à eux. Nos deux braves oublient

le marché et ne pensent qu'à se sauver. L'un grimpe sur un arbre ; l'autre, qui sait que l'ours ne touche point aux corps qui n'ont plus de vie, se couche par terre, retient son haleine, et contrefait le mort. L'ours arrive, trouve ce corps tout étendu, le flaire, le retourne, et, le prenant pour un cadavre, passe et s'éloigne. Celui-ci retiré, l'autre descend de l'arbre et vient demander à son camarade ce que l'ours lui avait dit à l'oreille, lorsqu'il s'en était approché de si près : « qu'on ne doit jamais, repartit celui-ci à demi-mort, vendre la peau d'un ours qu'on ne l'ait mis par terre. »

Un *fourreur*, un marchand pelletier, un artisan qui travaille en pelleterie, en peaux.

Flair est un terme de chasse. Il se dit de l'odorat du chien. *Ce chien a le flair bon. — Flairer*, sentir par l'odorat. *Les chiens flairent le gibier.* — On dit aussi *flairer une rose*, flairer une fleur.

Un *cadavre*, un corps mort.

FABLE 72.

LES RATS TENANT CONSEIL.

Les rats tenaient conseil et délibéraient sur ce qu'ils avaient à faire pour se garantir de la griffe du chat qui avait déjà croqué plus des deux tiers de leur peuple. Comme chacun opinait à son tour, un des plus habiles se leva. « Je serais d'avis, dit-il d'un ton grave, qu'on attachât quelque grelot au cou de cette méchante bête ; elle ne pourra venir à nous sans que le grelot nous aver-

tisse d'assez loin de son approche ; et comme en
ce cas nous aurons tout le temps de fuir, vous con-
cevez bien qu'il nous sera fort aisé de nous mettre
par ce moyen à couvert de toute surprise de sa
part. » Et toute l'assemblée applaudit aussitôt à la
bonté de l'expédient. La difficulté fut de trouver
un rat qui voulût se hasarder à attacher le grelot ;
chacun s'en défendit. L'un avait la patte blessée ,
l'autre la vue courte; je ne suis pas assez fort, disait
celui-ci; je ne sais pas bien comment m'y prendre,
disait celui-là. Tous alléguèrent diverses excuses,
et si bonnes, qu'on se sépara sans rien conclure.

Tenir conseil, être assemblé à l'occasion d'une question ,
d'une affaire.

Délibérer, examiner, consulter en soi-même ou avec les autres pour arrêter ce qu'on fera, ce qu'on croit devoir faire.

Opiner, dire son sentiment, son avis, ce qu'on pense , dire
son *opinion.*

Parler d'un ton grave, parler d'un ton sérieux.

Grelot, petite sonnette de métal creuse et ronde, dans laquelle
il y a une petite boule aussi de métal qui rend un son dès qu'on
remue la sonnette. *Ce chien a un collier avec des grelots. Les
hochets d'enfans ont des grelots.*

Se défendre d'une chose, apporter des excuses bonnes ou
mauvaises pour ne pas faire une chose.

Alléguer des raisons, des excuses , apporter des raisons ,
des etc.

Sans rien conclure, sans rien décider.

FABLE 73.

LE SAVETIER MÉDECIN.

Un savetier des plus ignorans dans son métier
trouva si peu son compte au profit qui lui en re-

venait, qu'il lui prît fantaisie d'en changer. Un
jour il se mit en tête d'être médecin, et le fut ; au
moins on le crut tel. Quelques termes de l'art qu'il
apprit, son effronterie et son babil, joints à l'igno-
rance de ses voisins, eurent bientôt fait d'un artisan très-maladroit un fort habile charlatan. Il pu-
blia partout que la vertu de ses remèdes était infaillible, et chacun le crut sur sa parole. Un de
ses voisins pourtant, moins dupe que les autres,
s'en moqua ; voici comment. Il se dit attaqué d'un
très-grand mal de tête, et mande le docteur ; celui-ci vient, et raisonne fort au long sur le prétendu
mal ; ensuite il assure le malade qu'il l'en délivrera
et en peu de temps, pourvu qu'il veuille s'abandon-
ner à ses soins. « Pauvre ignorant ! répartit le voisin en éclatant de rire, et comment pourrais-je
me résoudre à te livrer ma tête, quand je ne voudrais pas seulement te confier mes pieds. »

Apprendre quelques termes de l'art, apprendre quelques
mots, quelques expressions de l'art de la médecine.

Artisan, ouvrier qui exerce un *art*, un état.

Charlatan se dit d'un vendeur de drogues, d'orviétan (contre-
poison), et qui les débite dans les places publiques, sur des
théâtres, sur des tréteaux. C'est un terme de mépris. Il se dit
aussi d'un médecin qui se vante de guérir toutes sortes de mala-
dies. *Ce n'est point un médecin, ce n'est qu'un charlatan.*

La vertu de ses remèdes, le pouvoir de etc.

Infaillible, immanquable.

Dupe, celui qui est trompé ou qui se laisse facilement tromper.

Le prétendu mal, le mal faux, supposé, qui n'existe pas.

FABLE 74.

LES DEUX MÉDECINS ET LE MALADE.

Un malade rendait compte à deux médecins qui

le visitaient des différens symptômes de son mal. A
chaque chose qu'il exposait, l'un des docteurs ré-
pondait toujours tant mieux, et l'autre toujours
tant pis. Le malade bien entendu, nos deux médecins opinèrent sur la maladie, et le sentiment
de l'un fut tout opposé à celui de l'autre. L'embarras pour le moribond fut de choisir : le choix était
des plus difficiles. Les deux avis étaient soutenus
de part et d'autre avec opiniâtreté, et ne man-
quaient pas de raisons, sinon solides, au moins très-
spécieuses, d'ailleurs bien énoncées. Parmi ces
contrariétés le malade suait, et ne savait quel parti
prendre. A la fin il le prit au hasard et s'en tint à
l'avis du médecin tant pis ; puis il suivit exacte-
ment l'ordonnance du docteur, prit ses remèdes
et mourut. Les médecins tiraient deux avantages
de sa mort : Tant pis disait qu'il l'avait bien prévu,
tandis que Tant-mieux publiait qu'infailliblement
le malade serait sorti d'affaire, s'il n'eût pas voulu
se gouverner à sa tête.

Symptôme veut dire signe ou assemblage de signes dans une
maladie qui en indiquent la nature et font présumer quelle en
sera l'issue. *Les médecins jugent d'une maladie par les symptômes.*

Le malade bien entendu, c'est-à-dire ayant répondu à toutes
les questions que les médecins jugèrent à propos de lui faire sur
son mal, sur sa maladie.

Le moribond, le malade qui va *mourir.*

Opiniâtre, obstiné, entêté, qui est trop fortement attaché à
son *opinion,* à sa volonté. — *Opiniâtreté,* obstination, entête-
ment.

Des raisons spécieuses, qui ont de l'apparence, une apparence de vérité et de solidité.

Énoncer, exprimer ce qu'on a dans la pensée. *Cet homme
pense assez bien, mais il ne saurait s'énoncer, il n'a pas le don
de s'énoncer.* — *Des raisons bien énoncées,* bien exprimées,
exprimées en bons termes.

FABLE 75.

LES LOUPS ET LES BREBIS.

Les chiens faisaient si bonne garde autour des brebis, que les loups, qui ne pensaient qu'à les étrangler, n'osaient en approcher. Comme on ne pouvait, sans beaucoup risquer, employer la force ouverte, il fallut avoir recours à la ruse, et voici celle dont les loups se servirent. Ils firent proposer une trève aux brebis, qui acceptèrent, et pour la commune sûreté, l'on convint de s'envoyer des ôtages de part et d'autre. Les chiens passèrent du côté des loups, et les louveteaux du côté des brebis. Elles se crurent alors fort en assurance, mais bien mal à propos ; car quelques jours après, aux cris que faisaient les louveteaux, qui se voyaient séparés de leurs mères, les loups étranglèrent les chiens pendant qu'ils dormaient ; ensuite ils accoururent et se jetèrent sur les brebis, sous prétexte qu'elles avaient rompu la trève et maltraité les ôtages. Comme celles-ci n'étaient plus gardées par leurs chiens, elles se trouvèrent à la merci de leurs ennemis, qui n'eurent pas de peine à les mettre en pièces.

Trève, sorte de traité de paix qui doit durer un certain temps déterminé. *Une trève de trois mois, une trève de deux ans.*

Otage se dit de la personne qu'un général, un prince, etc., remet à ceux avec qui il traite pour la sûreté de l'exécution d'un traité, d'une convention. *Il était en ôtage chez les ennemis.*

Les louveteaux, les petits des *loups.*

Etre à la merci de quelqu'un, être à sa discrétion. *Les vaincus sont à la merci du vainqueur.* On dit aussi *être à la merci des flots, à la merci des vents, de la tempête,* etc.

FABLE 76.

LE CHAT ET LES RATS.

Un chat, la terreur des rats, en avait presque détruit l'engeance : il eut bien voulu croquer encore le peu qui en restait ; mais le malheur des premiers avait rendu les derniers plus sages. Ceux-ci se tenaient si bien sur leurs gardes, qu'il n'était pas aisé de les avoir. — « Je les aurai pourtant, dit le chat, et bon gré malgré qu'ils en aient. » Cela dit, il s'enfarine et se blottit au fond d'une huche. Un rat, qui l'aperçut, le prit pour quelque pièce de chair et s'en approcha ; le chat se retrouve aussitôt sur ses pattes et lui fait sentir sa griffe. Un second vint après, puis un troisième, qui fut suivi de plusieurs autres, et de ceux-ci pas un ne s'en retourna. Cependant un dernier, vieux et ratatiné, mit la tête hors de son trou, et d'abord regarda de tous côtés ; puis de là, sans vouloir s'avancer plus loin, se mit à contempler le bloc enfariné ; enfin secouant la tête : « A d'autres, mon ami, s'écria-t-il; il ne te sert de rien à mon égard de t'être ainsi blanchi ; quand tu serais farine, sac, huche ou tout ce qu'il te plaira, je n'en approcherais pas en mille ans une fois. »

Terreur, signifie épouvante, grande crainte. En parlant d'un grand capitaine, on dit qu'*il est la terreur des ennemis*, pour dire qu'il imprime la terreur aux ennemis.

Engeance, race. *Ces canes sont d'une belle engeance. Des poules de la grande engeance. L'engeance des rats*, la race des etc.

Se blottir, se mettre tout en un tas, faire comme une *boule* de son corps. *Les perdrix se blottissent devant le chien.*

Huche, grand coffre de bois dont on se sert principalement pour y pétrir le pain et pour le serrer.

Se ratatiner, se raccourcir, se resserrer. *Le parchemin se ratatine au feu. Une pomme ratatinée*, une pomme ridée, flétrie. *Un vieillard ratatiné*, raccourci, rapetissé par l'âge.

FABLE 77.

LE LION ET LE RENARD.

Le lion, à son avénement à la couronne, fit savoir à tous les animaux qu'ils eussent à venir lui rendre hommage ; ceux-ci accoururent et s'empressèrent à obéir. Le renard se hâta moins que les autres et parut le dernier à la cour du lion. Comme celui-ci en rugissait de colère : « Sire, lui dit le renard, d'un ton respectueux, qu'il me soit au moins permis de représenter à votre majesté que le zèle que j'ai pour elle est l'unique cause de mon retardement. Dès que je sus que vous régniez, je courus consulter l'oracle sur la durée de votre règne. Ces dieux, que tous les jours je prie pour vous, Sire, me sont témoins de la joie que je ressentis, lorsque j'appris qu'aucun règne de lion n'a été et ne sera ni plus long, ni plus heureux que le vôtre doit l'être ; et c'est la nouvelle que je serais venu apporter bien plus tôt à votre majesté, si l'éloignement où j'étais de l'oracle m'eût permis de le faire. » L'excuse plut au lion, et si fort, que bien loin de garder contre lui du ressentiment, il le remercia de la peine qu'il avait prise, et lui fit plus d'accueil qu'à tous les autres.

Avénement, venue, arrivée, ne se dit guère que de l'élévation à une dignité suprême. *Le roi, à son avénement à la couronne. Le pape, depuis son avénement au pontificat. L'Empereur, après son avénement à l'empire.*

Rendre hommage à quelqu'un, lui rendre ses devoirs, ses respects.

Oracle se dit de la réponse, de la prédiction que les païens s'imaginaient recevoir de leurs dieux. — *Oracle* se dit aussi de la *Divinité* même qui rendait des oracles, et encore du *lieu* où se rendaient les oracles.

FABLE 78.

LE RENARD ET LE CORBEAU.

Un corbeau tenait un fromage dans son bec. Un renard en sentit l'odeur et s'avançant vers le corbeau : « Que vois-je ? lui dit-il d'un air surpris. On m'avait fait entendre que votre plumage était noir. Eh, grands dieux ! celui d'un cygne n'est pas plus blanc. De grâce, seigneur corbeau, permettez que je vous contemple un moment tout à mon aise. Sans flatterie, vous me semblez si beau que je ne puis me lasser de vous admirer. Mais, ajouta-t-il en adoucissant la voix, je suis bien persuadé que la beauté n'est pas la seule perfection qui vous distingue. La nature, qui s'est plue à vous rendre le plus accompli de tous les oiseaux, vous a donné sans doute une voix divine, et, pour bien chanter, il n'est, j'en jurerais, dans nos bois, que vous et le rossignol. » A ce discours, le corbeau, tout transporté d'aise, voulut faire connaître que le renard ne se trompait pas, et ouvrit le bec pour chanter ; mais, en l'ouvrant il laissa tomber sa proie, et le renard, s'en saisissant, prit aussitôt congé du corbeau, aussi satisfait, disait-il en le raillant, de la bonté du fromage que de la beauté de sa voix.

Accompli, qui est parfait dans son genre. *Un homme accompli. Un ouvrage accompli.*

Prendre congé de quelqu'un, le quitter.

FABLE 79.

LE RENARD ET LA CIGOGNE.

— « Venez dîner chez moi, dit un jour le renard à la cigogne ; je veux vous y traiter et de mon mieux. » Celle-ci, sans se faire beaucoup prier, accepta la partie et s'y rendit à l'heure marquée. L'accueil fut des plus obligeans ; mais la chère n'y répondit pas. Pour tout mets, l'hôte servit à sa voisine, sur une assiette fort plate, certain brouet si clair que tout ce qu'elle put faire pendant le repas, ce fut de becqueter dans le plat et presque toujours sans rien prendre ; à peine put-elle en goûter. Le renard lapa le tout en moins de rien, non sans rire de la cigogne, qui dissimulait son dépit, aussi piquée qu'affamée. Il ne rit pas long-temps : le même jour, la cigogne l'invita à venir souper chez elle, et lui servit de la chair hachée dans un vase dont l'embouchure était fort étroite. Profitant alors de l'avantage que lui donnait son long bec, elle mangea tout à son aise et se mit à rire à son tour du trompeur qui, réduit pendant tout le festin à ne lécher que les bords du vase, quitta enfin la partie; et, demi-mort de faim, se retira avec courte honte.

On appelle *brouet*, une espèce de bouillon au lait et au sucre. — *Brouet* se dit quelquefois par mépris d'une méchante sauce, d'un méchant ragoût.

L'embouchure d'un vase, l'ouverture d'un vase.

Festin, repas que l'on donne un jour de *fête* ou à l'occasion d'une *fête*.

FABLE 80.

LA MÈRE ET L'ENFANT VOLEUR.

Une mère ne chatiait pas son enfant des petits larcins qu'il faisait presqu'à la mamelle, et le gâtait. Celui-ci crût en malice à mesure qu'il crût en âge. Au sortir du berceau, il prit une pomme et l'on ne pensa point à l'en reprendre. Lorsqu'il fut au collège, il déroba les livres de ses camarades, et courut les montrer à sa mère qui n'en fit que rire. Devenu plus grand, il prit chez ses voisins des choses de plus grand prix et n'en fut point réprimandé. Bientôt, comme il se portait toujours de plus en plus au mal, faute de correction, il vola dans les villes, puis sur les grands chemins. Le prévôt l'y prit, et enfin la justice le condamna à perdre la vie sur un gibet. Etant sur l'échelle, il dit à l'assistance qu'il voulait voir sa mère pour la dernière fois, et demanda en grâce qu'on l'allât chercher de sa part; ce que l'on fit; lorsqu'il la vit, il la pria de s'approcher et feignit de vouloir l'embrasser; ensuite il lui prit l'oreille à belles dents et la lui emporta toute entière. Puis se tournant vers le peu-

ple : « Messieurs, leur dit-il, si cette malheureuse
m'eût châtié dans mon enfance toutes les fois que
mes fautes le méritaient, je ne me verrais pas réduit
à finir ma vie par une mort infâme. Cessez donc
d'être surpris du traitement que je viens de faire
à celle que je ne puis regarder ici que comme ma
plus cruelle ennemie. »

Faire un larcin, faire un vol. *Il est accusé de larcin.*
Le prévôt, le chef de la justice, le juge. *Le prévôt arrêta le*
voleur.
Le gibet est une potence où l'on exécute ceux qui sont con-
damnés à être pendus.

FABLE 81.

LE RAT DE VILLE ET LE RAT DES CHAMPS.

Le rat de ville et le rat des champs se traitèrent
tour-à-tour. Le dernier commença la fête dans un
endroit fort écarté, et tira de son trou l'élite de
ses provisions, des pois, du fromage, et quelque
peu de lard. Il était pauvre : ainsi ce fut là tout ce
qu'il put servir à son ami qui, plus content du
bon accueil de son hôte que de ses mets grossiers,
n'y touchait que par complaisance et de l'extré-
mité de la dent. Le repas fini, le rat de ville invita
l'autre à venir le lendemain dîner chez lui, et lui
vanta fort la chère qu'il faisait à la ville. Le cam-
pagnard s'y rendit, et trouva dans un fort beau
salon le festin préparé sur un tapis couvert de re-
liefs de viandes exquises; mais à peine eut-il commencé à manger, qu'un valet, ouvrant brusque-

ment la porte du lieu où il était, vint troubler la
joie des deux amis qui, tout épouvantés, s'enfuirent
qui de-çà qui de-là. Le valet retiré, le rat de ville
rappela son compagnon qui, demi-mort de la
frayeur qu'il avait eue, lui demanda si on lui donnait souvent de pareilles alarmes. — « A tous
momens, répliqua l'autre; mais il n'est point de
plaisirs sans peine. » — « Quels que soient les
vôtres, répartit le premier, s'ils ne sont pas tran-
quilles, ils ne me tentent plus. Adieu; j'ai d'abord
envié l'abondance de vos repas; mais comptez que
je fais maintenant plus de cas du moindre des
miens que de tous les vôtres. »

Elire, signifie choisir, prendre par préférence, nommer à une
dignité, à une place par le concours des suffrages. *Elire un roi,
un pape. Elire le plus digne.* — *Electeur*, celui qui *élit*, qui
choisit. *Les électeurs s'assembleront bientôt pour élire un dé-
puté.* — *Elite*, ce qu'il y a de meilleur, de plus digne d'être
choisi. *Des soldats d'élite. J'ai eu l'élite de ses livres, de sa
bibliothèque. L'élite de ses provisions*, etc.
    On appelle *reliefs de table*, ce qui reste des viandes qu'on a
servies.

FABLE 82.

LE LOUP ET LE CHIEN.

Un loup s'entretenait avec un chien des mieux
nourris, et le félicitait sur son embonpoint. « Ami,
lui disait-il, à te voir si gras et si poli, il est aisé de
juger que ton sort est fort au dessus du mien. » —
« N'en fais aucun doute, répliqua le chien. En vérité, mon cher, quand je me représente que tu ne
couches que dans les bois, et presque toujours à

l'air , que le plus souvent on t'y voit mourir de faim ; haï, couru, persécuté de tout le monde : je ne puis concevoir comment tu peux supporter une vie si misérable. Pour moi, je vis bien d'une autre façon: bien couché, mieux nourri, chez un maître qui me fait cent caresses; ainsi je te laisse à penser si j'ai lieu de m'y croire heureux. Mais, crois-moi, poursuivit-il, résous-toi à me suivre; en faisant ce que je fais au logis, tu pourras et sans grande peine y partager mon bonheur. » — « Et que me faudra-t-il faire, répartit le loup ? » — « Presque rien , répondit l'autre: écarter les voleurs, et de temps en temps flatter le maître ; du reste , tu n'auras qu'à boire , manger et dormir à ton aise. » — « Ami, reprit le loup tout transporté de joie , s'il ne tient qu'à cela pour me rendre heureux, je le ferai tout aussi bien que toi. » Cela dit, il suivit l'autre. Chemin faisant, le loup s'aperçut que le cou du chien était pelé , et lui en demanda la cause. — « Ce que tu vois , répondit l'autre , peut provenir du collier qui sert à m'attacher. » — « Attacher ? dit le loup , tu ne cours donc pas où tu veux ? » — « Pas toujours , reprit le chien ; mais à cela près, j'ai tout à souhait. » — « Grand bien te fasse, dit le loup en rebroussant chemin; quant à moi, je n'envie plus ton sort. Moins de biens et plus de liberté, c'est ma devise. » Cela dit , il s'enfuit , et court encore.

Polir, signifie rendre uni et luisant. *Polir du marbre. Polir du bois d'ébène, de noyer, etc.*

Peler , ôter le poil. *Mettre un cochon de lait dans de l'eau bouillante pour le peler.*

Grand bien te fasse, je souhaite que cela te fasse grand bien.

FABLE 83.

L'HOMME ET LE LION.

L'homme et le lion voyageaient ensemble. Il arriva que sur la route ils aperçurent une statue qui représentait un athlète terrassant un lion. « Ce que vous voyez, dit l'homme à son compagnon, vous prouve que nous sommes et plus forts et plus courageux que vous. » — « Tout doux, répliqua le lion; si l'on trouvait parmi nous des sculpteurs comme on en trouve parmi vous, vous verriez beaucoup plus d'hommes terrassés par des lions que de lions terrassés par des hommes. »

Chez les anciens, on appelait *athlète* celui qui combattait dans les jeux publics de la Grèce.— Par analogie, *athlète* se dit d'un homme fort et robuste, adroit aux exercices du corps.

Terrasser, renverser par *terre*.

Sculpteur, celui qui fait des figures, des images de pierre, de marbre, de bois, de bronze, etc.

FABLE 84.

LE RENARD ET LES RAISINS.

Certain renard gascon, d'autres disent normand,
Mourant presque de faim, vit au haut d'une treille
Des raisins mûrs apparemment,
Et couverts d'une peau vermeille.
Le galant en eût fait volontiers un repas.
Mais comme il n'y pouvait atteindre :
« Ils sont trop verts, dit-il, et bons pour des goujats. »
Fit-il pas mieux que de se plaindre ?

Les *Gascons* passent pour être fanfarons, effrontés, et toujours disposés à justifier leurs fautes par quelque plaisanterie bonne ou mauvaise.

Les *Normands* ont la renommée d'être dissimulés, menteurs, portés à dire le contraire de ce qu'ils pensent.

Des raisins mûrs apparemment, qui paraissaient mûrs.

Vermeil, rouge un peu foncé, se dit principalement des fleurs et du teint. *Une rose vermeille. Le teint frais et vermeil.*

Goujat, valet de soldat. *Les goujats de l'armée.*

FABLE 85.

L'OISEAU BLESSÉ D'UNE FLÈCHE.

Mortellement atteint d'une flèche empennée,
Un oiseau déplorait sa triste destinée,
Et disait, en souffrant un surcroit de douleur :
« Faut-il contribuer à son propre malheur !
Cruels humains ! vous tirez de nos aîles
De quoi faire voler ces machines mortelles !
Mais ne vous moquez point, engeance sans pitié !
Souvent il vous arrive un sort comme le nôtre. »
Des enfans de Japet toujours une moitié
Fournira des armes à l'autre.

Des machines mortelles, qui donnent la *mort.*—*Mortellement atteint*, frappé à *mort.*

Une flèche empennée, une flèche munie de *plumes*, qui contribuent à la direction et à la rapidité de son vol.

Croître, signifie grandir, augmenter. *Cette pluie a bien fait croître les blés.*—*Surcroît, accroissement*, augmentation.

Engeance sans pitié, race sans etc.

Suivant la fable, *Prométhée*, fils de *Japet*, forma quelques statues d'hommes avec de la terre, et déroba le feu du ciel pour leur donner la vie, pour les animer. Voilà probablement pourquoi les hommes sont nommés *enfans de Japet*.

FABLE 86.

L'ANE PORTANT DES RELIQUES.

Un baudet chargé de reliques
S'imagina qu'on l'adorait.
Dans ce penser il se carrait,
Recevant comme siens l'encens et les cantiques.
Quelqu'un vit l'erreur, et lui dit :
« Maître baudet, ôtez-vous de l'esprit
Une vanité si folle ;
Ce n'est pas vous, c'est l'idole
A qui cet honneur se rend,
Et que la gloire en est due. »
D'un magistrat ignorant,
C'est la robe qu'on salue.

Relique, ce qui *reste* d'un saint après sa mort, soit le corps entier, soit une partie du corps. *Exposer les reliques des martyrs. Porter des reliques en procession.*

Le *carré* est une figure qui a les quatre angles droits et les quatre côtés égaux. — *Carrer un bloc de marbre,* lui donner une figure *carrée.* — *Se carrer,* marcher les mains sur les côtés, ou de quelque autre manière, qui marque de l'arrogance. *Se carrer en marchant. Voyez comme il se carre.*

Recevoir comme siens, recevoir comme le sien, les siens.

FABLE 87.

LE RENARD ET LE BUSTE.

Les grands, pour la plupart, sont masques de théâtre;
Leur apparence impose au vulgaire idolâtre.
L'âne n'en sait juger que par ce qu'il en voit :
Le renard, au contraire, à fond les examine,

Les tourne de tous sens, et quand il s'aperçoit
Que leur fait n'est que bonne mine ,
Il leur applique un mot qu'un buste de héros
　　Lui fit dire fort à propos :
C'était un buste creux et plus grand que nature.
Le renard, en louant l'effort de la sculpture:
« Belle tête, dit-il; mais de cervelle point ! »
Combien de grands seigneurs sont bustes en ce point!

Buste se dit de la figure d'une personne à demi-corps , en plein relief. *Le buste du roi.*

La *plupart*, la *plus* grande *partie*.

Le *masque* est un faux visage, ordinairement de carton, dont on se couvre pour se déguiser. *On va en masque pendant le Carnaval.* — On appelle aussi *masques* ceux qui portent des *masques* pour se déguiser pendant le Carnaval. *Une compagnie de masques.*

L'apparence des grands, l'air, l'extérieur des grands, ce qu'ils *paraissent* être au dehors.

Imposer à quelqu'un, inspirer du respect à quelqu'un.

Le *vulgaire,* c'est cette partie du peuple qui est sans lumières, sans instruction , qui ne raisonne pas, ou qui raisonne peu, sans jugement.

Idole, figure , statue représentant une fausse divinité. *Une idole d'or, d'argent, de pierre. Adorer les idoles.* — En parlant de ce qui fait le sujet de l'affection, de la passion de quelqu'un , on dit que *c'est son idole. Cet enfant est l'idole de sa mère. L'avare fait son idole de son argent.* — *Idolâtre,* qui adore les idoles. *Cette mère est idolâtre de son enfant. L'avare est idolâtre de son trésor. Le vulgaire est idolâtre de l'apparence.*

Le mot *cervelle* se prend quelquefois pour esprit, jugement.

FABLE 88.

LES DEUX MÉDECINS.

Le médecin Tant pis allait voir un malade
Que visitait aussi son confrère Tant mieux.
Ce dernier espérait, quoique son camarade

Soutînt que le gisant irait voir ses aïeux.
Tous deux s'étaient trouvés différens pour la cure ;
Leur malade paya le tribut à nature ,
Après qu'en ses conseils Tant pis eut été cru.
Ils triomphaient encor sur cette maladie.
L'un disait : « Il est mort, je l'avais bien prévu. »
« S'il m'eût cru, disait l'autre, il serait plein de vie. »

Le médecin *Tant pis* faisait toujours des pronostics funestes,
et *Tant mieux* des pronostics heureux.

Giser, qui n'est plus usité, signifiait être couché. On dit encore quelquefois : *Nous gisons, ils gisent, il gisait.* — *Ci-gît* est la formule ordinaire par laquelle on commence les épitaphes. — *Gisant,* veut dire couché. *Gisant dans son lit malade.*

Aller voir ses aïeux, ses pères, ses ancêtres, mourir.

Cure signifie traitement, pansement de quelque maladie ou blessure. *Il n'a pas réussi, il n'a pas été heureux en cette cure. Ce chirurgien a fait là une belle cure.*

Tribut se dit des impôts , des *contributions* que les princes lèvent dans leurs états.—*Payer le tribut à nature,* c'est mourir.

FABLE 89.

LE LION DEVENU VIEUX.

Le lion, terreur des forêts,
Chargé d'ans et pleurant son antique prouesse ,
Fut enfin attaqué par ses propres sujets ,
    Devenus forts par sa faiblesse.
Le cheval, s'approchant, lui donne un coup de pied,
Le loup un coup de dent, le bœuf un coup de corne.
Le malheureux lion, languissant, triste et morne ,
Peut à peine rugir, par l'âge estropié.
Il attend son destin sans faire aucunes plaintes ,
Quand voyant l'âne même à son antre accourir :
« Eh ! c'est trop, lui dit-il : je voulais bien mourir ,
Mais c'est mourir deux fois que souffrir tes atteintes. »

Preux signifie brave, vaillant. *C'était un preux et hardi chevalier.* — *Prouesse*, action de *preux*, action de valeur, de courage. *Il conte volontiers ses prouesses.*

Morne signifie triste, sombre et abattu. *Il a le visage morne. Il est pensif et morne.*

Le *Destin*, suivant les anciens, était une divinité aveugle qui gouvernait tout par une nécessité inévitable. Tous les dieux, et Jupiter lui-même, étaient soumis à ses décrets. Le *Destin* tenait d'une main un livre où tout l'avenir était écrit, et de l'autre une urne qui renfermait le sort de tous les humains. — *Destinée* ou *destin,* ce qui se trouvait sur le livre, ou dans l'urne du *Destin.* — *Attendre son destin,* attendre sa destinée, son sort.

Accourir à l'antre, accourir à la caverne.

Atteindre, toucher à une chose qui est assez éloignée pour qu'on ne puisse pas y toucher facilement. *Atteindre à une certaine hauteur.* — *Atteinte,* coup dont on est *atteint,* se dit principalement pour marquer le coup qu'un cheval se donne lui-même en s'*atteignant* les pieds de devant avec ceux de derrière, ou qu'il reçoit aux pieds de derrière d'un autre cheval qui marche trop près derrière lui. *Ce cheval se donne des atteintes. Prenez garde que votre cheval ne donne des atteintes au mien.*

FABLE 90.

PAROLE DE SOCRATE.

Socrate un jour faisant bâtir,
  Chacun censurait son ouvrage :
L'un trouvait les dedans, pour ne lui point mentir,
  Indignes d'un tel personnage ;
L'autre blâmait la face; et tous étaient d'avis
  Que les appartements en étaient trop petits.
Quelle maison pour lui ! l'on y tournait à peine.
  « Plût au ciel que de vrais amis,
Telle qu'elle est, dit-il, elle pût être pleine ! »
  Le bon Socrate avait raison,
De trouver pour ceux-là trop grande sa maison.
Chacun se dit ami; mais fou qui s'y repose :

Rien n'est plus commun que ce nom ;
Rien n'est plus rare que la chose.

Socrate est l'un des plus grands philosophes de la Grèce. Il fut accusé par ses ennemis d'enseigner à la jeunesse d'Athènes une doctrine pernicieuse et contraire aux croyances de l'Etat. Il fut condamné à boire la ciguë. Les Athéniens reconnaissant, mais un peu tard, leur injustice, réhabilitèrent la mémoire de Socrate, et lui érigèrent même des statues.

Censurer un ouvrage, en faire la *critique*, le *critiquer*.

FABLE 91.

LE CORBEAU ET LE RENARD.

Maître corbeau, sur un arbre perché,
Tenait en son bec un fromage.
Maître renard, par l'odeur alléché,
Lui tint à peu près ce langage :
« Hé ! bonjour, Monsieur Du corbeau !
Que vous êtes joli ! que vous me semblez beau !
Sans mentir, si votre ramage
Se rapporte à votre plumage,
Vous êtes le phénix des hôtes de ces bois. »
A ces mots, le corbeau ne se sent pas de joie,
Et, pour montrer sa belle voix,
Il ouvre un large bec, laisse tomber sa proie.
Le renard s'en saisit, et dit : « Mon bon monsieur,
Apprenez que tout flatteur
Vit aux dépens de celui qui l'écoute.
Cette leçon vaut bien un fromage, sans doute. »
Le corbeau, honteux et confus,
Jura, mais un peu tard, qu'on ne l'y prendrait plus.

Alléché par l'odeur, attiré par l'odeur.

Le renard ne dit pas : *Monsieur le corbeau* ; connaissant la sottise et la vanité du personnage, il lui donne un titre de noblesse : *Monsieur De, Monsieur Du. Eh ! bonjour Monsieur Du Corbeau.*

Le *phénix* est un oiseau fabuleux de la grandeur d'un aigle, dont les plumes sont toutes d'or et de pourpre. Il naît dans l'Arabie et vit de cinq à six cents ans. Il est unique dans son espèce. Lorsqu'il meurt, de sa cendre il naît un ver, d'où se forme un autre phénix, dont le premier soin est de rendre à son père les honneurs de la sépulture. Le phénix réunit tous les genres de perfection : la beauté du plumage, aussi bien que la tendresse filiale. — On donne le nom de *phénix* à tout ce qui est singulier ou rare. D'un bon écolier, on dit que *c'est un phénix, le phénix de la classe.* On dit aussi, mais par ironie, d'un mauvais écolier, d'un paresseux, que *c'est un phénix*, que *c'est le phénix de la classe.*

Les hôtes des bois, les habitans des bois.

Cette leçon vaut bien un fromage, ce n'est pas payer cette leçon trop cher que la payer d'un fromage.

Un témoin, appelé au tribunal pour déclarer ce qu'il a vu ou entendu, lève la main et *jure* devant Dieu et devant les hommes de dire la vérité, c'est-à-dire *promet* de etc.

Le corbeau jura qu'on ne l'y prendrait plus, se promit bien qu'on ne le prendrait plus à cela, à cette chose, au piége de la flatterie.

————

FABLE 92.

LA GENISSE, LA CHÉVRE ET LA BREBIS AVEC LE LION.

La genisse, la chêvre et leur sœur la brebis ,
Avec un fier lion, seigneur du voisinage ,
Firent société, dit-on, au temps jadis,
Et mirent en commun le gain et le dommage.
Dans les lacs de la chêvre un cerf se trouva pris;
Vers ses associés aussitôt elle envoie.
Eux venus, le lion par ses ongles compta ,
Et dit: « Nous sommes quatre à partager la proie. »
Puis en autant de parts le cerf il dépéça ;
Prit pour lui la première en qualité de sire :
« Elle doit être à moi, dit-il, et la raison,

C'est que je m'appelle lion :
A cela l'on n'a rien à dire ;
La seconde, par droit, me doit échoir encor :
Ce droit, vous le savez, c'est le droit du plus fort.
Comme le plus vaillant, je prétends la troisième ;
Si quelqu'une de vous touche à la quatrième,
   Je l'étranglerai tout d'abord. »

Jadis, autrefois. — *Au temps jadis,* au temps passé.
Le gain et le dommage, le gain et la perte.
Dans les lacs, dans les *lacets,* les filets, les réseaux.
Dépécer le cerf, le mettre en *pièces,* en morceaux.
En qualité de sire, en qualité de *seigneur* ou de roi. Le lion
passe pour le roi des animaux.

FABLE 93.

LA BREBIS ET LE CHIEN.

La brebis et le chien, de tous les temps amis,
Se racontaient un jour leur vie infortunée :
« Ah ! disait la brebis, je pleure et je frémis,
Quand je songe aux malheurs de notre destinée :
Toi, l'esclave de l'homme, adorant des ingrats,
   Toujours soumis, tendre et fidèle,
   Tu reçois, pour prix de ton zèle,
   Des coups et souvent le trépas.
   Moi, qui tous les ans les habille,
Qui leur donne du lait et qui fume leurs champs,
Je vois chaque matin quelqu'un de ma famille
   Assassiné par ces méchans.
Leurs confrères les loups dévorent ce qui reste ;
   Victimes de ces inhumains,
Travailler pour eux seuls et mourir par leurs mains,
   Voilà notre destin funeste. »

« Il est vrai, dit le chien; mais crois-tu plus heureux
  Les auteurs de notre misère ?
  Va, ma sœur, il vaut encor mieux
  Souffrir le mal que de le faire. »

Leur vie infortunée, leur vie malheureuse.

Frémir, être ému avec quelqu'espèce de tremblement causé par la crainte ou par quelqu'autre passion. *Frémir de colère. Frémir d'indignation.*

Zèle, grand attachement, affection ardente pour quelque chose. *Il a du zèle pour la foi, pour les choses saintes. Avoir beaucoup de zèle pour son prince, pour le service de son prince.*

Moi qui tous les ans les habille. La brebis nous fournit la laine dont nous faisons des habits.

Fumer un champ, y mettre, y répandre du *fumier* pour l'engraisser, le fertiliser.

Confrère, signifie un de ceux qui composent une compagnie, un corps. *Les confrères du Saint Sacrement. Ils sont tous deux de l'Académie, ils sont confrères.*

Dans l'ancienne loi, et chez les payens, le mot *victime* s'entend des animaux que l'on offrait en sacrifice. *Le lieu où l'on égorgeait les victimes. Le Consul immola plusieurs victimes.*

FABLE 94.

LE LION ET LE RAT.

Il faut, autant qu'on peut, obliger tout le monde:
On a souvent besoin d'un plus petit que soi;
De cette vérité deux fables feront foi,
Tant la chose en preuves abonde :
Entre les pattes d'un lion ,
Un rat sortit de terre assez à l'étourdie ;
Le roi des animaux, en cette occasion,
Montra ce qu'il était, et lui donna la vie.
Ce bienfait ne fut pas perdu ;
Quelqu'un aurait-il jamais cru

Qu'un lion d'un rat eut affaire ?
Cependant il avint qu'au sortir des forêts ,
Ce lion fut pris dans des rêts ,
Dont ses rugissements ne le purent défaire ;
Sire rat accourut, et fit tant par ses dents
Qu'une maille rongée emporta tout l'ouvrage.
Patience et longueur de temps
Font plus que force ni que rage.

Le roi des animaux montra ce qu'il était, fit voir qu'il était grand, généreux, clément, comme il convient à un roi.
Aurait-on jamais cru qu'un lion eut affaire d'un rat, c'est-à-dire eut besoin d'un etc.
Il avint, parfait du verbe *avenir,* arriver par accident. *S'il avenait que* etc. *Il en aviendra ce qui pourra. Je me résous à tout ce qui peut en avenir. Il avint que le lion fut pris dans des rets.*
Ronger, couper avec les dents à plusieurs et fréquentes reprises. *Un chien qui ronge un os. Les rats, les souris rongent la paille dans les greniers, rongent les tapisseries. Les vers rongent le bois, rongent les habits. La rouille ronge le fer.*

FABLE 95.

LA COLOMBE ET LA FOURMI.

L'autre exemple est tiré d'animaux plus petits.
Le long d'un clair ruisseau buvait une colombe ,
Quand sur l'eau se penchant une fourmis y tombe ;
Et dans cet océan l'on eût vu la fourmis
S'efforcer, mais en vain, de regagner la rive.
La colombe aussitôt usa de charité :
Un brin d'herbe dans l'eau par elle étant jeté ,
Ce fut un promontoire où la fourmis arrive ;
        Elle se sauve ; et là-dessus
Passe un certain croquant qui marchait les pieds nus:

Ce croquant, par hazard, avait une arbalète.
   Dès qu'il voit l'oiseau de Vénus,
Il le croit dans son pot, et déjà lui fait fête ;
Tandis qu'à le tüer mon villageois s'apprête,
   La fourmi le pique au talon.
   Le vilain retourne la tête,
La colombe l'entend, part, et tire de long.
Le souper du croquant avec elle s'envole :
   Point de pigeon pour une obole.

   L'*océan*, la mer, l'eau qui environne la terre.
   Le *Promontoire* ou le *Cap* est une pointe de terre qui s'avance dans la mer.
   On appelle *Croquans* certains paysans qui se révoltèrent en Guyenne et en Gascogne sous Henri IV et sous Louis XIII. — *Un certain Croquant*, un pauvre paysan, un pauvre villageois.
   L'*arbalète* est un arc d'acier, monté sur un fût, pour lancer des traits, des flèches, etc.
   Vénus était la déesse de la beauté et de l'amour. La colombe lui était consacrée. Elle en avait toujours deux attelées à son char.
   On dit *faire fête à quelqu'un*, pour dire, lui faire très-bon accueil, lui faire un accueil flatteur et empressé.
   Vilain signifiait autrefois paysan, roturier.
   On dit *tirer de long*, pour dire, s'en aller bien loin.
   Une *obole*, c'était autrefois une petite pièce de monnaie de cuivre valant la moitié d'un denier tournois.

FABLE 96.

LE LABOUREUR ET SES ENFANS.

Travaillez, prenez de la peine :
   C'est le fonds qui manque le moins.
Un riche laboureur, sentant sa mort prochaine,
Fit venir ses enfans, leur parla sans témoins :
« Gardez-vous, leur dit-il, de vendre l'héritage
   Que nous ont laissé nos parents :
   Un trésor est caché dedans,

Je ne sais pas l'endroit; mais un peu de courage
Vous le fera trouver; vous en viendrez à bout.
Remuez votre champ dès qu'on aura fait l'août ;
Creusez, fouillez, bêchez, ne laissez nulle place
    Où la main ne passe et repasse. »
Le père mort, les fils vous retournent le champ ,
De çà, de là, partout; si bien qu'au bout de l'an
    Il en rapporta davantage.
D'argent, point de caché; mais le père fut sage
    De leur montrer avant sa mort
    Que le travail est un trésor.

Le fonds, c'est le sol d'une terre, d'un champ, d'un héritage.
Cultiver son fonds. Il ne faut pas bâtir sur le fonds d'autrui.
    C'est dans le mois d'*août* (on prononce *oût*) que se fait d'ordi-
naire la récolte des grains. — *Dès qu'on aura fait l'oût,* dès
qu'on aura fait la moisson.

FABLE 97.

LE LION S'EN ALLANT EN GUERRE.

Le lion, dans sa tête, avait une entreprise ;
Il tint conseil de guerre, envoya ses prévôts,
    Fit avertir les animaux.
Tous furent du dessein; chacun selon sa guise :
    L'éléphant devait sur son dos
    Porter l'attirail nécessaire,
    Et combattre à son ordinaire ;
    L'ours, s'apprêter pour les assauts ;
    Le renard, ménager de secrètes pratiques ;
    Et le singe, amuser l'ennemi par ses tours.
« Renvoyez, dit quelqu'un, les ânes qui sont lourds,
Et les lièvres sujets à des terreurs paniques. »
— « Point du tout, dit le roi, je les veux employer;
Notre troupe, sans eux, ne serait pas complète.

L'âne effraiera les gens, nous servant de trompette,
Et le lièvre pourra nous servir de courrier. »
    Le monarque prudent et sage
De ses moindres sujets sait tirer quelqu'usage
    Et connaît les divers talents.
Il n'est rien d'inutile aux personnes de sens.

Le lion envoya ses prévôts, ses principaux officiers.

Guise, manière, façon. *Chacun vit à sa guise. Chacun se gouverne à sa guise.*

Attirail se dit d'une grande quantité de choses nécessaires pour certain usage. *L'attirail de la chasse. L'attirail de la cuisine. Il faut un grand attirail pour le service de l'artillerie.*

Ménager de secrètes pratiques, entretenir des intelligences secrètes avec quelques personnes du parti contraire, pour faire réussir le dessein qu'on a en vue.

Pan, suivant la fable, est le dieu de toute la nature, mais particulièrement des campagnes, des troupeaux et des bergers. Les Gaulois, sous la conduite de Brennus, s'étant avancés dans la Grèce pour piller le fameux temple de Delphes, *Pan* leur inspira une si grande frayeur qu'ils prirent subitement la fuite et renoncèrent à leur entreprise. De là vient l'expression de *terreur panique*, qui signifie une frayeur subite et sans fondement.

FABLE 98.

L'OISELEUR, L'AUTOUR ET L'ALOUETTE.

    Les injustices des pervers
Servent souvent d'excuse aux nôtres ;
    Telle est la loi de l'univers :
Si tu veux qu'on t'épargne, épargne aussi les autres.
Un manant, au miroir, prenait des oisillons ;
Le fantôme brillant attire une alouette ;
Aussitôt un autour, planant sur les sillons,
    Descend des airs, fond et se jette
Sur celle qui chantait, quoique près du tombeau ;

Elle avait évité la perfide machine ,
Lorsque se rencontrant sous la main de l'oiseau ,
Elle sent son ongle maligne.
Pendant qu'à la plumer l'autour est occupé ,
Lui-même sous les rêts demeure enveloppé :
« Oiseleur, laisse-moi, dit-il en son langage ,
Je ne t'ai jamais fait de mal. »
L'oiseleur répartit : « Ce petit animal
T'en avait-il fait davantage ? »

L'autour est un oiseau de proie.
Pervers, méchant. *Dieu punira les pervers.*
Un manant, un habitant de la campagne, un paysan.
Oisillon, diminutif, *petit oiseau.*
Fantôme, spectre, vaine image qu'on croit voir.
Une surface *plane* signifie une surface *plate* et unie. — *Planer*
se dit d'un oiseau lorsqu'il se soutient en l'air sur ses ailes éten-
dues sans qu'il paraisse les remuer.
Le *sillon*, c'est la raie que le *soc* de la charrue trace dans la
terre qu'on laboure.
La main de l'oiseau, la serre de l'oiseau.

FABLE 99.

LES DEUX MULETS.

Deux mulets cheminaient, l'un d'avoine chargé ,
L'autre portant l'argent de la gabelle.
Celui-ci, glorieux d'une charge si belle ,
N'eût voulu pour beaucoup en être soulagé ;
Il marchait d'un pas relevé
Et faisait sonner sa sonnette ;
Quand l'ennemi se présentant ,
Comme il en voulait à l'argent ,
Sur le mulet du fisc une troupe se jette ,
Le saisit au frein et l'arrête.

Le mulet, en se défendant ,
Se sent percer de coups; il gémit, il soupire :
« Est-ce donc là, dit-il, ce qu'on m'avait promis ;
Ce mulet qui me suit du danger se retire ,
 Et moi j'y tombe et j'y péris ! »
 — « Ami, lui dit son camarade ,
Il n'est pas toujours bon d'avoir un haut emploi ;
Si tu n'avais servi qu'un meunier comme moi ,
 Tu ne serais pas si malade. »

Cheminer, aller sur le *chemin*, voyager.
Gabelle, impôt, contribution sur le sel.
Marcher d'un pas relevé, marcher d'un pas fier.
Le *fisc*, le trésor du gouvernement, de l'état.

FABLE 100.

LA CIGALE ET LA FOURMI.

La cigale ayant chanté
 Tout l'été
Se trouva fort dépourvue
 Quand la bise fut venue.
Pas un seul petit morceau
 De mouche ou de vermisseau ;
Elle alla crier famine
 Chez la fourmi sa voisine ,
La priant de lui prêter
Quelques grains pour subsister
Jusqu'à la saison nouvelle :
« Je vous paîrai, lui dit-elle ,
Avant l'août, foi d'animal ,
Intérêt et principal. »
La fourmi n'est pas prêteuse;
C'est là son moindre défaut,

« Que faisiez-vous au temps chaud ,
Dit-elle à cette emprunteuse ? »
— « Nuit et jour à tout venant
Je chantais, ne vous déplaise. »
— « Vous chantiez! j'en suis fort aise ;
Hé bien ! dansez maintenant. »

La *bise* est un vent du nord qui contribue le plus aux froids
de l'hiver.
Vermisseau, diminutif, petit ver.
Payer avant l'août, avant la moisson.
Intérêts et principal, la somme prêtée, ou le capital, avec les
intérêts.

FABLE 101.

LE CYGNE ET LE CUISINIER.

Dans une ménagerie
De volailles remplie
Vivaient le cygne et l'oison :
Celui-là destiné pour les regards du maître ,
Celui-ci pour son goût ; l'un qui se piquait d'être
Commensal du jardin; l'autre, de la maison ;
Des fossés du château faisant leurs galeries ,
Tantôt on les eut vus côte à côte nager ,
Tantôt courir sur l'onde et tantôt se plonger,
Sans pouvoir satisfaire à leurs vaines envies.
Un jour le cuisinier ayant trop bu d'un coup ,
Prit pour oison le cygne; et le tenant au cou ,
Il allait l'égorger, puis le mettre en potage ;
L'oiseau, près de mourir, se plaint en son ramage ;
Le cuisinier fut fort surpris,
Et vit bien qu'il s'était mépris:
« Quoi! je mettrais, dit-il, un tel chanteur en soupe!
Non, non; ne plaise aux dieux que jamais ma main coupe

La gorge à qui s'en sert si bien! »
Ainsi, dans les dangers qui nous suivent en croupe ,
Le doux parler ne nuit de rien.

Le *cygne* est un gros oiseau aquatique, de plumage blanc et qui a le cou fort long. — Le chant mélodieux des cygnes n'est fondé que par une tradition poétique , dont la vérité n'a jamais été bien confirmée par l'événement.—On donne le nom de *cygne* aux grands poètes. Ainsi on a appelé Virgile *le cygne de Mantoue,* parce que Virgile est né à Mantoue. — On appelle *chant du cygne,* le dernier ouvrage qu'un grand poète, ou qu'un homme éloquent a fait peu de temps avant sa mort.

Ménagerie, lieu bâti auprès d'une maison de campagne pour y engraisser, y élever des bestiaux, des volailles, etc.

Oison , diminutif, petite *oie.*

Commensal, se dit proprement de ceux qui mangent à la même table. *C'est mon commensal. Nous sommes commensaux.* — *Commensal du jardin ,* fréquentant le plus ordinairement le jardin.

Galerie, pièce d'un bâtiment beaucoup plus longue que large, où l'on peut se promener à couvert. *Des fossés du château faisant leurs galeries,* leur lieu de plaisance.

Le cavalier mit son fils en croupe , mit son fils derrière lui sur le cheval.

———

FABLE 102.

LE TORRENT ET LA RIVIÈRE.

Avec grand bruit et grand fracas
    Un torrent tombait des montagnes ;
Tout fuyait devant lui; l'horreur suivait ses pas;
    Il faisait trembler les campagnes ;
    Nul voyageur n'osait passer
    Une barrière si puissante.
Un seul vit des voleurs, et se sentant presser ;
Il mit entr'eux et lui cette onde menaçante.
Ce n'était que menace et bruit sans profondeur ;
Notre homme enfin n'eût que la peur.

Ce succès lui donnant courage,
Et les mêmes voleurs le poursuivant toujours,
Il rencontra sur son passage
Une rivière dont le cours,
Image d'un sommeil doux, paisible et tranquille,
Lui fit croire d'abord ce trajet fort facile :
Point de bords escarpés, un sable pur et net.
Il entre, et son cheval le met
A couvert des voleurs, mais non de l'onde noire.
Tous deux au Styx allèrent boire;
Tous deux à nager malheureux,
Allèrent traverser au séjour ténébreux
Bien d'autres fleuves que les nôtres.
Les gens sans bruit sont dangereux ;
Il n'en est pas ainsi des autres.

Torrent, courant d'eau rapide qui vient ordinairement des orages ou de la fonte des neiges, et qui ne dure que quelque temps. *Ce n'est pas une rivière, ce n'est qu'un torrent. Ces ravins ont été creusés par des torrens.*

Casser. — *Fracasser*, briser, rompre. — *Fracas*, rupture ou fracture, avec bruit et violence. *Le vent a fait un grand fracas dans cette forêt. Le tonnerre est tombé sur une église et y a fait un grand fracas.*

Le trajet de la rivière, le passage de etc.

Le *Styx*, suivant les anciens, est un fleuve qui fait sept fois le tour des enfers, qu'on appelle aussi l'*empire des morts, l'empire des ombres, le séjour ténébreux,* etc. Outre le *Styx*, il y a encore aux enfers plusieurs autres fleuves, tels que le *Phlégéton*, le *Cocyte*, le *Léthé,* etc. — *L'onde noire*, c'est le Styx. — *Aller boire au Styx*, périr.

FABLE 103.

LA BELETTE ENTRÉE DANS UN GRENIER.

Damoiselle belette, au corps long et fluet,
Entra dans un grenier par un trou fort étroit ;

Elle sortait de maladie.
Là, vivant à discrétion,
La galante fit chère lie,
Mangea, rongea. Dieu sait la vie,
Et le lard qui périt en cette occasion.
La voilà, pour conclusion,
Grasse, maflue et rebondie.
Au bout de la semaine, ayant dîné son sou,
Elle entend quelque bruit, veut sortir par le trou,
Ne peut plus repasser et croit s'être méprise.
Après avoir fait quelques tours :
« C'est, dit-elle, l'endroit; me voilà bien surprise :
J'ai passé par ici depuis cinq ou six jours. »
Un rat, qui la voyait en peine,
Lui dit : « Vous aviez lors la panse un peu moins pleine;
Vous êtes maigre entrée, il faut maigre sortir. »
Ce que je vous dis là, on le dit à bien d'autres ;
Mais ne confondons point par trop approfondir
Leurs affaires avec les nôtres.

Damoiseau est un titre qu'on donnait autrefois à de jeunes princes, à de jeunes gentilhommes. — *Damoiseau* ne se dit plus que par ironie en parlant d'un homme qui fait le beau, le galant auprès des femmes, etc. — *Damoiselle*, titre qu'on donnait autrefois aux filles nobles dans les actes publics. On ne dit plus aujourd'hui que *demoiselle*.

Corps fluet, mince, délicat, de faible complexion.

Liesse est un vieux mot qui signifie joie, gaîté. — *Faire chère lie*, chère joyeuse, faire bonne chère, grand'chère.

Maflé, qui a de grosses joues. *Un visage maflé*, on dit aussi *maflu*.

Rebondi, arrondi par embonpoint. *Des joues rebondies, Cette femme est grasse et rebondie.*

FABLE 104.

LE PETIT POISSON ET LE PÊCHEUR.

Petit poisson deviendra grand ,
Pourvu que Dieu lui prête vie ;
Mais le lâcher en attendant ,
Je tiens pour moi que c'est folie ;
Car de le rattrapper il n'est pas trop certain.
Un carpeau, qui n'était encore que frétin ,
Fut pris par un pêcheur au bord d'une rivière :
« Tout fait nombre, dit l'homme en voyant son butin;
Voilà commencement de chère et de festin :
Mettons-le en notre gibecière. »
Le pauvre carpillon lui dit en sa manière :
« Que ferez-vous de moi ? je ne saurais fournir
Au plus qu'une demi-bouchée.
Laissez-moi carpe devenir :
Je serai par vous repêchée ;
Quelque gros partisan m'achètera bien cher.
Au lieu qu'il vous en faut chercher
Peut-être encore cent de ma taille
Pour faire un plat: quel plat! Croyez-moi, rien qui vaille.»
—« Rien qui vaille! Eh bien! soit, répartit le prêcheur :
Poisson, mon bel ami, qui faites le prêcheur ,
Vous irez dans la poêle; et, vous avez beau dire ,
Dès ce soir on vous fera frire. »
Un tiens vaut, ce dit-on, mieux que deux tu l'auras:
L'un est sûr, l'autre ne l'est pas.

Carpeau ou *carpillon*, diminutif, petite *carpe*.
Frétin est un terme qui se dit du petit poisson. *Il n'y a plus que du fretin dans cet étang.*
Butin signifie argent, hardes, bestiaux, etc., qu'on prend sur les ennemis. *Les soldats revinrent chargés de butin.*
Gibecière, espèce de sac de cuir où les chasseurs mettent le plomb, la poudre, le *gibier.*

Partisan, celui qui est attaché au *parti* de quelqu'un, qui soutient son *parti*, qui prend sa défense. *Les partisans de Napoléon. Chacun a ses partisans.* — *Partisan* signifie aussi celui qui fait un traité avec le roi pour des affaires de finances. *Un riche partisan. Il s'est fait partisan.*

EABLE 105.

LE LOUP ET LA CIGOGNE.

Les loups mangent gloutonnement.
Un loup donc étant de frairie
Se pressa, dit-on, tellement,
Qu'il en pensa perdre la vie :
Un os lui demeura bien avant au gosier.
De bonheur pour ce loup, qui ne pouvait crier,
    Près de là passe une cigogne.
    Il lui fait signe : elle accourt ;
Voilà l'opératrice aussitôt en besogne.
Elle retira l'os ; puis, pour un si bon tour,
    Elle demanda son salaire :
    « Votre salaire ! dit le loup :
    Vous riez, ma bonne commère ?
    Quoi ! ce n'est pas encor beaucoup
    D'avoir de mon gosier retiré votre cou ;
    Allez, vous êtes une ingrate,
    Ne tombez jamais sous ma patte.

Glouton, gourmand, qui mange avec avidité et avec excès. *Le loup est un animal glouton.*
Frairie, partie de divertissement et de bonne chère. *Il est toujours en frairie.* — On écrit aussi *frérie.*
Salaire, récompense, ce que l'on donne à quelqu'un pour son travail, pour un service rendu.

FABLE 106.

LE LOUP ET L'AGNEAU.

La raison du plus fort est toujours la meilleure ;
   Nous l'allons montrer tout-à-l'heure.
   Un agneau se désaltérait
   Dans le courant d'une onde pure :
Un loup survint à jeun qui cherchait aventure ,
   Et que la faim en ces lieux attirait :
« Qui te rend si hardi de troubler mon breuvage ,
   Dit cet animal plein de rage ?
   Tu seras châtié de ta témérité. »
—« Sire, répond l'agneau, que votre Majesté
   Ne se mette pas en colère ;
   Mais plutôt qu'elle considère
   Que je me vas désaltérant
      Dans le courant ,
   Plus de vingt pas au-dessous d'elle ;
Et que par conséquent, en aucune façon ,
   Je ne puis troubler sa boisson. »
— « Tu la troubles ! reprit cette bête cruelle ,
Et je sais que de moi tu médis l'an passé. »
— « Comment l'aurais-je fait si je n'étais pas né ?
Reprit l'agneau; je tette encore ma mère. »
— « Si ce n'est toi, c'est donc ton frère ? »
—«Je n'en ai point.»— « C'est donc quelqu'un des tiens;
   Car vous ne m'épargnez guère ,
   Vous, vos bergers et vos chiens.
   On me l'a dit. Il faut que je me venge. »
   Là-dessus, au fond des forêts
   Le loup l'emporte, et puis le mange,
   Sans autre forme de procès.

FABLE 107.

LE CHEVAL S'ÉTANT VOULU VENGER DU CERF.

De tout temps les chevaux ne sont nés pour les hommes.
Lorsque le genre humain de glands se contentait,
Ane, cheval et mule aux forêts habitaient,
Et l'on ne voyait point comme au siècle où nous sommes
    Tant de selles et tant de bâts,
    Tant de harnais pour les combats,
    Tant de chaises, tant de carosses ;
    Comme aussi ne voyait-on pas
    Tant de festins et tant de noces.
    Or, un cheval eut alors différent
    Avec un cerf plein de vitesse ;
    Et ne pouvant l'attraper en courant,
Il eut recours à l'homme, implora son adresse.
L'homme lui mit un frein, lui sauta sur le dos,
    Ne lui donna point de repos
Que le cerf ne fût pris, et n'y laissât la vie ;
    Et cela fait, le cheval remercie
L'homme son bienfaiteur, disant : « Je suis à vous,
Adieu, je m'en retourne en mon séjour sauvage. »
— « Non pas cela, dit l'homme, il fait meilleur chez nous:
    Je vois trop quel est votre usage,
    Demeurez donc, vous serez bien traité,
    Et jusqu'au ventre en la litière. »
    — Hélas ! que sert la bonne chère,
    Quand on n'a pas la liberté !
    Le cheval s'aperçut qu'il avait fait folie,
    Mais il n'était plus temps ; déjà son écurie
    Etait prête et toute bâtie.
    Il y mourut en traînant son lien :
    Sage, s'il eut remis une légère offense.
Quel que soit le plaisir que cause la vengeance,

C'est l'acheter trop cher que l'acheter d'un bien
Sans qui les autres ne sont rien.

Le *gland,* c'est le fruit du chêne. *On prétend que les premiers hommes se nourrissaient de glands.*

Le *bât* est une espèce de selle pour les bêtes de somme. — *Je vais bâter mon âne et partir.*

Harnois signifie l'armure complète d'un homme d'armes. Il vieillit dans ce sens. Cependant on dit encore *blanchir sous le harnois,* pour dire, vieillir dans le métier des armes. — *Harnois* se dit plus ordinairement de tout l'équipage d'un cheval de selle. *Le harnois de son cheval était enrichi de pierreries.*

Le mot *chaise* se prend quelquefois pour une espèce de siège fermé et couvert, dans lequel on se fait porter par deux hommes, et encore pour une sorte de voiture légère à deux ou à quatre roues, traînée par un ou par deux chevaux.

FABLE 108.

LE CHEVAL ET LE LOUP.

Un certain loup, dans la saison
Que de tièdes zéphirs ont l'herbe rajeunie ,
Et que les animaux quittent tous la maison
Pour s'en aller chercher leur vie ,
Un loup, dis-je, au sortir des rigueurs de l'hiver ,
Aperçut un cheval qu'on avait mis au vert.
Je laisse à penser quelle joie !
Bonne chasse, dit-il, qui l'aurait à son croc ;
Eh ! que n'es-tu mouton ! car tu me serais hoc ;
Au lieu qu'il faut ruser pour avoir cette proie.
Rusons donc. Ainsi dit, il vient à pas comptés ,
Se dit écolier d'Hyppocrate ,
Qu'il connaît les vertus et les propriétés
De tous les simples de ces prés ;
Qu'il sait guérir, sans qu'il se flatte ,
Toutes sortes de maux, Si dom coursier voulait

Ne point céler sa maladie ,
Lui, loup, gratis le guérirait;
Car le voir en cette prairie ,
Paître ainsi sans être lié ,
Témoignait quelque mal, selon la médecine.
« J'ai, dit la bête chevaline ,
Une apostume sous le pied. »
— « Mon fils, dit le docteur, il n'est point de partie
Susceptible de tant de maux,
J'ai l'honneur de servir nos seigneurs les chevaux ,
Et fais aussi la chirurgie. »
Mon galant ne songeait qu'à bien prendre son temps,
Afin de happer son malade.
L'autre, qui s'en doutait, lui lâche une ruade
Qui vous lui met en marmelade
Les mandibules et les dents.
« C'est bien fait, dit le loup, en soi-même fort triste,
Chacun à son métier doit toujours s'attacher :
Tu veux faire ici l'herboriste ,
Et ne fus jamais que boucher. »

Vert, se dit quelquefois des herbes qu'on fait manger *vertes* aux chevaux dans le printemps. *Mettre des chevaux au vert, leur faire quitter le vert.*

On appelle *croc ,* un instrument de fer à une ou plusieurs pointes recourbées pour y pendre ou pour y attacher quelque chose. *Pendre de la viandre au croc.*

Le *Hoc* est une sorte de jeu de cartes. — Au jeu du *Hoc,* les quatre rois , la dame de pique, le valet de carreau et toutes les cartes, au-dessus desquelles il ne s'en trouve point d'autres, sont *Hoc :* et en jouant ces sortes de cartes, on a coutume de dire *Hoc ;* de là, pour dire qu'une chose est assurée à quelqu'un, on dit que *cela lui est hoc.* — *Tu me serais hoc,* tu serais à moi.

Il faut ruser, agir de finesse , de *ruse.*

Marcher à pas comptés, marcher lentement.

Hyppocrate, célèbre médecin de l'antiquité.

Simple, est le nom général des herbes et des plantes médicinales. *La centaurée est un simple d'une grande vertu. Connaitre bien les vertus des simples.*

Dem, est un titre d'honneur, qui n'est d'usage en français que pour certains ordres religieux, et qui se donnait autrefois, en Espagne, à la haute noblesse, à la noblesse *dominante.*

Celer sa maladie, cacher sa etc.

Apostume, ou *apostème,* signifie enflure extérieure avec putréfaction. *Percer un apostume.*

Mon seigneur, mes seigneurs, nos seigneurs.

Happer se dit du chien lorsqu'il prend avidement avec la gueule ce qu'on lui jette. *On lui jeta un morceau, et il le happa.*

Ruade, action du cheval qui jette le pied ou les pieds du derrière en l'air. *Ce cheval lui cassa la jambe d'une ruade.*

Marmelade, confiture de fruits presque réduits en bouillie. *Marmelade d'abricots. Marmelade de pommes.*

Les *mandibules,* les deux parties de la *mâchoire.*

Herboriste, celui qui s'applique à la connaissance des simples, des *herbes.*

FABLE 109.

LE CERF SE MIRANT DANS L'EAU.

Dans le cristal d'une fontaine
Un cerf se mirant autrefois ,
Louait la beauté de son bois ,
Et ne pouvait qu'avecque peine
Souffrir ses jambes de fuseaux ,
Dont il voyait l'objet se perdre dans les eaux :
« Quelle proportion de mes pieds à ma tête !
Disait-il, en voyant leur ombre avec douleur ;
Des taillis les plus hauts mon front atteint le faîte ;
Mes pieds ne me font point d'honneur. »
Tout en parlant de la sorte ,
Un limier le fait partir ;
Il tâche à se garantir ;
Son bois, dommageable ornement ,
L'arrêtant à chaque moment ,
Nuit à l'office que lui rendent

Ses pieds, de qui ses jours dépendent.
Il se dédit alors, et maudit les présens
Que le ciel lui fait tous les ans.
Nous faisons cas du beau, nous méprisons l'utile,
Et le beau souvent nous détruit.
Ce cerf blâme ses pieds qui le rendent agile,
Il estime un bois qui lui nuit.

Le *fuseau* est un petit instrument de la longueur d'environ un demi-pied, qui est arrondi partout, fort menu par les bouts et dont les femmes se servent pour filer et tordre le fil. — *Avoir des jambes de fuseau*, avoir les jambes extrêmement menues.

Le *faîte*, l'endroit le plus élevé d'une maison, d'un arbre, etc.

Un *limier*, c'est un gros chien, bon pour la chasse du cerf.

Dommageable, qui cause du *dommage*.

Le *bois du cerf* tombe et revient tous les ans.

FABLE 110.

LE RENARD ET LE BOUC.

Capitaine renard allait de compagnie
Avec son ami bouc des plus encornés.
Celui-ci ne voyait pas plus loin que son nez :
L'autre était passé maître en fait de tromperie.
La soif les obligea de descendre en un puits.
    Là, chacun se désaltère ;
Après qu'abondamment tous deux en eurent pris,
Le renard dit au bouc : « Que ferons-nous, compère?
Ce n'est pas tout de boire, il faut sortir d'ici.
Lève tes pieds en haut, et tes cornes aussi ;
Mets-les contre le mur : le long de ton échine
    Je grimperai premièrement ;
    Puis sur tes cornes m'élevant,
    A l'aide de cette machine,
    De ce lieu-ci je sortirai ;

Après quoi je t'en tirerai. »
— « Par ma barbe! dit l'autre, il est bon, et je loue
Les gens bien sensés comme toi.
Je n'aurais jamais, quant à moi,
Trouvé ce secret, je l'avoue. »
Le renard sort du puits, laisse son compagnon,
Et vous lui fait un beau sermon,
Pour l'exhorter à patience :
— « Si le ciel t'eût, dit-il, donné par excellence
Autant de jugement que de barbe au menton,
Tu n'aurais pas à la légère
Descendu dans ce puits. Or, adieu, j'en suis hors :
Tâche de t'en tirer et fais tous tes efforts;
Car pour moi j'ai certaine affaire,
Qui ne me permet pas d'arrêter en chemin. »
En toute chose il faut considérer la fin.

Excellence, degré éminent de perfection, de supériorité. *En quoi consiste l'excellence de ce livre?* — On dit d'une personne toujours contente d'elle-même, *qu'elle a une grande idée de sa propre excellence, de l'excellence de son esprit.* — *Par excellence*, locution adverbiale pour dire, *excellemment*, à merveille. *Cela est beau par excellence. Ce peintre réussit par excellence dans le portrait.*
Descendre à la légère dans le puits, y descendre légèrement, sans songer aux moyens d'en sortir.

FABLE 111.

LE PAON SE PLAIGNANT A JUNON.

Le paon se plaignait à Junon :
« Déesse, disait-il, ce n'est pas sans raison
Que je me plains, que je murmure ;
Le chant dont vous m'avez fait don
Déplait à toute la nature ;
Au lieu qu'un rossignol, chétive créature,

Forme des sons aussi doux qu'éclatants,
    Est lui seul l'honneur du printemps. »
    Junon répondit en colère :
« Oiseau jaloux, et qui devrais te taire ,
Est-ce à toi d'envier la voix du rossignol ?
Toi, que l'on voit porter à l'entour de ton col
Un arc-en-ciel nué de cent sortes de soies ,
    Qui te panades, qui déploies
Une si riche queue, et qui semble à nos yeux
    La boutique d'un lapidaire !
    Est-il quelqu'oiseau sous les cieux
    Plus que toi capable de plaire ?
    Tout animal n'a pas toutes propriétés.
    Nous vous avons donné diverses qualités :
Les uns ont la grandeur et la force en partage ;
Le faucon est léger, l'aigle plein de courage,
    Le corbeau sert pour le présage ,
La corneille avertit des malheurs à venir :
    Tous sont contens de leur ramage.
Cesse donc de te plaindre, ou bien, pour te punir,
    Je t'ôterai ton plumage.

Chétif, vil, méprisable. *Une chétive créature ose-t-elle s'enor-gueillir.*

Des sons éclatans , qui ont un bruit perçant.

Nuer et *nuancer*, mêler et assortir ensemble différentes couleurs. *Vous n'avez pas bien nué les couleurs de cette tapisserie.*

Se *panader,* marcher avec un air d'ostentation et de complaisance, à peu près comme un *paon* quand il fait la roue. *Voyez comme il se panade.*

Lapidaire , ouvrier qui taille les *pierres* précieuses, ou marchand qui vend des *pierres* précieuses.

Lorsque les anciens voulaient entreprendre quelque affaire importante, ils avaient coutume de consulter le vol ou le chant de certains oiseaux ; ce que l'on appelait *prendre les augures.* — *Présage,* augure, signe par lequel on juge de l'avenir. *Cela est d'un bon , d'un mauvais , d'un heureux présage. La corneille passait pour un oiseau de mauvais augure, de mauvais présage.*

Douai.—ADAM d'Aubers, imprimeur.